シノロ教授の大学事件

紀川しのろ［著］

世界書院

*この作品はフィクションです。実在の人物、団体名等とはいっさい関係ありません。

目次

I　シノロ教授の登場

II　シノロ教授の災難

III　シノロ教授の逆襲

IV　シノロ教授の教訓

I　シノロ教授の登場

シノロ教授の倫理学——カントかヘーゲルか

「これから倫理学の授業を始めます。準備はいいですか」

「いいです」

「では、始めますね。シノロ先生です。みなさん、こんにちは」

「先生、こんにちは」

「元気なあいさつができましたね。あいさつができた子はいい子ですよ」

「いい子は右手を高く上げてください」

「はーい」

「では、その手をとなりの子の頭にのせて、〈いい子、いい子〉をしてあげましょう。はい、そうです。右のお友だちに〈いい子、いい子〉、左のお友だちに〈いい子、いい子〉です。これでお友だちが二人できました」

「ワハハハ」

「入学して最初にするのがお友だち作りです。これを学校用語で〈友活〉と呼んでいます。

いいですか。学校で友だちを作るのが〈倫理〉ですよ。一人ぼっちでさびしくしているのは〈道徳〉ですからね。倫理と道徳の違いはわかりましたか？」

「キョトン」

「わかりませんでしたか。それはいけませんね。まだわからない子は、あとから先生のところに来てください。先生がギュウーをして、最初のお友だちになってあげますからね」

「あらかじめ断わっておきますが、先生の話し方はちょっと変わっています。どうして変わっているかというと、先生は昨年まで幼稚園の先生をしていたからです」

「えー。やっぱり〜」

「先生は長いこと幼稚園の先生をしていましたから、話し方がこんなふうになってしまいました。医学用語では、これを〈幼児性先生病〉といいます。学校の先生に特有の職業病ですから、許してくださいね」

「いいですよ」

「幼稚園の先生といっても、ただの先生ではありません。何を隠そう、シノロ先生は幼稚園の園長先生でした」

「すごい」

「でも、園長先生というのは名ばかりで、じつは、大学のなかにある付属幼稚園の園長先生です」

「ふーん」

「はい、わかったところで、これから大事なことを話しますから、よく聞いてくださいね。

シノロ先生の授業は〈楽しくてためにならない〉授業です。たんなるエンターテインメントですから、休憩時間だと思って、肩を張らずにかるく聞き流しましょう」

「では、動物園にいるおサルさんの話をしますね」

「おサルさんですか」

「そうです。動物園にいるおサルさんには、いたずら好きの子ザルもいたり、働き者のお父さんサルもいたり、やさしいお母さんサルもいたりします。おサルさんたちは、ときどきケンカをしても、みんなで仲よく暮らしています」

「知ってまーす」

「そうやって動物園のおサルさんたちも、ひとつの社会を作っているのですね」

「社会ですか」

「そうです。ひとつの社会です。組織といってもいいですし、システムと呼んでもいいです。

動物園は、英語でアニマル・パークといって、おサルさんのような動物を飼っています。幼稚園はキンダー・ガーテンといって、子どもたちを飼っています。では、ここで問題です。大学では何を飼っているでしょうか。

そうですね。大学は、英語でユニバーシティーといって、いろいろな学生を飼っています。どの学校も、みんなが仲よく暮らすことができるように学ぶ社会です」

「ふーん」

「みんなが仲よく暮らすことを学ぶ場を〈学校〉といいます。そして学校で仲よく学ぶ科目を〈倫理〉というわけです。わかりましたか」

「では、今日のまとめに入ります。しっかり聞いてください。

みんなで仲よく暮らしていけるように助け合うのが〈倫理〉で、一人で考え込むのが〈道徳〉です。

たとえて言えば、〈ウソをついてはいけない〉というのは道徳の問題で、〈困っている人を助けてあげたい〉というのは倫理の問題です。

つまり、道徳というのは、カントというドイツの哲学者が語っているように、〈こころ〉の問題で、頭の中で考えていることがらです。それに対して倫理というのは、ヘーゲルというこれまたドイツの哲学者が語っているように、〈社会〉の問題で、私とあなたのあいだにあることがらです。

これで道徳と倫理の違いがわかりましたか？」

「はーい。よくわかりました」

「では、今日の授業はここまでです。最後にみんなでごあいさつをしてから帰りますよ」

「先生、さようなら。みなさん、さようなら」

「右のお友だちにごあいさつ、左のお友だちにごあいさつです。

となりにお友だちがいない人は、先生のところに来てごあいさつをしてから帰りましょう」

大学生が求める倫理――プラトンのアカデメイア

「ねえねえ、莉乃、シノロ先生の倫理って、ちょーが付くほど〈楽単〉だよね」

「らくたん？　らくたんって、なーに、麻友」

「楽単っていうのはね、楽に単位が取れる科目のことよ。知らなかった？」

「ふーん、そうなんだ。うわさには聞いたけど。

でも、シノロ先生の授業って、何にも役に立ちそうにないよね」

「役に立たなくてもいいんじゃない。楽なのが一番よ」

「そうかなあ。あとから後悔しないかな？」

「しない、しないってば。せっかく大学に入ったんだから、思いっきり遊ぼうよ」

「よくわからないけど、まあ、いっか」

「じゃあ、とりあえず、シノロ先生の倫理をいっしょに取ろうね」

「そうね、わけわからないけど、友だちを作るのが〈倫理〉だって言ってたから」

「麻友、シノロ先生って、就職活動のことも配慮してくれるのかしら？」

「〈就活〉なんて、まったく考えてなさそうね。最初の授業で、〈倫理は就職のためになりませんよ〉って言ってたから」

「えー、そんなこと言ってたの。聞いてなかったなあ」

「どうせ就職しても、すぐに会社を辞めて結婚するんだから、女は就活よりも〈婚活〉だとかも言ってたよ」

「失礼しちゃうわね。いまどきの大学の先生がそんなこと言ってるの。正気なのかしら」


「でも、私はもう申し込んじゃったよ。それに抽選科目みたいね」

「えー、あんなにいいかげんな授業が抽選科目なの。それほど人気があるってこと？」

「何言ってるのよ、いいかげんな授業だから人気があるのよ。だって、莉乃も申し込んだんでしょ。シノロ先生の授業はいいかげんなので有名なのよ」

「そう言えば、シノロ先生の倫理は手抜き授業だって、学長が怒ってたよ」

「だから、シノロ先生の授業は学生に大人気なのよね。そこが困ったところなんだけど。

でも、ザビエル学長の授業といったら、もっとひどいわよ。教室に行ってみたら学生がだれもいなくて、先生が一人でぽつんといたのよ。もう、びっくりしちゃって」

「それ、聞いたことあるよ。そうそう、学長の講義なんていらないよね。だって、キリスト教の〈説教〉なんでしょ。そんなの教会でやってよねって感じ」

「そのとおり、なんで大学にまで来て説教を聞かなくちゃいけないの。いらないよ」

「ところで、麻友、大学の先生って、どうしてこうも学生のことがわかってないんだろう」

「それはね、莉乃、学生がお客さまで、先生が店員だということを知らないからよ」

「それ、どういうこと」

「つまりね。大学っていうのは、古代ギリシアの知恵者である〈ソフィスト〉が語っていたように、知識を売っている〈デパート〉みたいなものなの」

「知識を売っているデパートね。うまいこと言うじゃない。でも、いまの日本だと、デパートというよりは、むしろ〈コンビニ〉っていうとこじゃない」

「そうそう、それなのよ。で、コンビニ大学に、お客さまである私たちが、お金を持って買いものに来ているわけ」

「でも、お金を払っているのは、私たちじゃなくて、お父さんじゃないの」

「大学からすれば、それは同じことなの」

「私たちがほしいのは二つあるでしょう」

「二つって何？」

「それははっきりしているわ。一つは卒業証書、つまり大卒の資格よ。古代ギリシアの哲学者プラントンの言ってた〈アカデミック〉ってやつよ。いまどきのイケてる女子は大学くらい出ていないとね」

「そうね。若者の半数以上が大学に進学しているらしいし。それで、もう一つは何？」

「二つめは就職の内定。卒業しても就職先がないと困るでしょう」

「そりゃあ困るわよ。職に就かないと収入がないじゃない」

「だから、大学で必要なものは二つ、つまり、卒業証書と就職の内定よ」

「莉乃はうまいこと言うわね。だったら、いまの大学は〈就職のための専門学校〉だよね」

「ふーん、麻友もいいこと言うじゃない。でも、それが、シノロ先生の倫理と何か関係あるわけ？」

「あるに決まっているじゃない。シノロ先生が人気あるのはどうしてだか、莉乃は知らないの」

「知ってるわよ。それは、倫理が楽勝科目だからでしょ」

「そのとおり。大半の学生は楽をしたいだけなのよね。でもね、シノロ先生を好きな学生もいるのよね」

「先生を好きな学生って本当にいるの？」

「シノロ先生の〈親衛隊〉とか名乗ってるファンもいるらしいよ。学長にいじめられているから、守ってあげてるってうわさよ」

「シノロ先生って、いじめられているんだ。たしかにMっぽいわよね。だから、仲よくしましょう、とか言っているのかな」

「それはどうだかわからないけど。シノロ先生だったら、倫理は〈いじめ問題〉にも通じる、とか言ってそうじゃない」

「何でも言いそうね。じゃあ、そそろ何でもありのシノロ先生の倫理に行ってみようか」

「いいわよ。最初の授業で先生が勧めていた〈同伴出勤〉ね」

「いやだ、コンビニじゃなくって、なんかキャバに出勤するみたい」

人気科目ランキング――ボランティア学とは

「新入生のみなさん、こんにちは。こちらはボランティア研究会です。ただいまボランティア研究会では、人気科目ランキングを掲載した月刊誌『ボランティア』をお配りしています」

「すみません、人気科目ランキングって何ですか」

「はい、令和学院大学の人気科目ベストスリーです。ぜひ買ってください」

「え、無料じゃないんですか」

「もちろん有料です。月刊『ボランティア』ですから」

「ボランティアって、無料でしょう。お金を取るんですか？」

「何言っているの。つべこべ言わずに人気科目が知りたければ雑誌を買いなさいよ。こっちはボランティアでやってるんだから。たったの三〇〇円よ」

「あっ、はい、では一冊買います」

「あなた一年生ね。三〇〇円で人気科目がわかるんだからお安いものよ」

月刊『ボランティア』今月の特集「令和学院大学の人気科目ベストスリー！」
☆一位☆シノロ先生のラクタン倫理学
☆二位☆桜井先生のラップで経済学
☆三位☆松本先生のパティシエ文化論

「ちょっと聞いていいですか。どうしてこの三つがベストスリーなんですか」

「あなた何も知らないのね」

「ええ、一年生ですから」

「じゃあ、先輩の私が教えてあげるから、しっかり聞いてね。まずは基本をおさえるわよ。人気科目というのは、人気のある科目じゃなくて、人気のある先生の科目なのよ。だから科目を選ぶときは、科目名じゃなくて、担当者の名まえを見るのよ。わかった？」

「はい」

「そうそう。素直になってきたじゃない。先輩の言うことは聞くものね」

「つぎに、人気があるにはいろいろな理由があるわけ。たとえば、三位の松本先生なんだけど、この先生はイケメンで、とてもていねいな授業をするの。まあ、イケメンっていうのは、顔だけじゃなくて、授業熱心で、女子学生にもやさしいわけ」

「なるほど、生徒にやさしいんですね」

「ちょっと、ちょっと、生徒って言うのやめてくれない。生徒は中高生、大学は学生よ。あなたも大学に入ったんだから、生徒ではなくて学生なの」

「すみません。で、二番目の桜井先生は、どうなんですか」

「この先生は、やたらと休講が多くて有名なのよ」

「〈休講〉って何ですか？」

「大学生にもなって休講も知らないの？ 休講ってのは、先生が勝手に授業を休みにすること。この先生は、一回授業をすると次の回は休み、また一回授業をすると次の回は休みなの。だから、半分しか授業をしないの。そんなわけで、授業がラップしているのよ」

「とすると、授業回数が少ないから、損をしたことになりませんか」

「逆よ。授業が少ないから、得をしているのよ」

「大学って、そんなものなんですか。で、シノロ先生の倫理はどうして一番人気なんですか」

「それはね、理由はいたって簡単。一番楽だからよ。甘い科目に学生は集まってくるの」

「そうなんですか。僕はてっきりおもしろい科目が一番人気だと思っていました」

「シノロ先生の授業はおもしろいわよ。でもそう思っているのは半分かな。いかれた女子だけよ」

「男子生徒には、あ、スミマセン、男子学生でしたね。男子学生には人気ないんですか？」

「男子にはあまり人気ないわね。たんに単位が取りやすいだけじゃないかしら。女の子目当てなら、シノロ先生の倫理がいいんじゃない。けっこう美人も来ているらしいから」

「本当ですか」

「うわさだけど、シノロ先生の倫理にはアップアップガールズ（仮）とか、ＡＫＢの研究生とかも来ているらしいわよ。教室の前のほうには、制服向上委員会の子もいたかな」

「そ、そうなんですか。僕、ぜったいに取ります」

「調子のいいこと言って。声がうわずっているわよ」

「シノロ先生の授業に出ると、かわいい子がたくさんいるんですね」

「授業に出なくても、令和学院大学にはかわいい子がたくさんいるでしょ。とくに文学部の芸能学科とか。ミッションスクールだからって、アイドルで客寄せしているのよ」

「それはそうなんですけど、でも、僕はＡＫＢよりも乃木坂のほうが好きです」

「それもシノロ先生の好みといっしょね」

「え、シノロ先生も乃木坂好きなんですか」

「好きどころか、授業には乃木坂の子も出ているらしいわよ」

「教室に行けばわかるけど、教壇に向かって左側がＡＫＢ、右側が乃木坂のファンよ」

「分かれて座っているんですか。まるで国会みたいですね。で、真ん中にはだれが座っているんですか」

「もちろんジャニオタよ」

「え～、ジャニ系も来ているんですか」

「昨年まではメジャーな子もいたけど。いまはジュニアかな」

「シノロ先生の倫理って、まるで紅白歌合戦じゃないですか」

「そこまではいかないけど、Ｍステってとこかしらね」

「シノロ先生が一番人気の理由もよくわかりました」

「じゃあ、シノロ倫理が取れるといいわね」

多人数授業は抽選科目――イギリスの古典派経済学

「すみません。法学部の一年生なのですが、科目登録はここでいいですか」

「はい、ここでいいですが、何か？」

「シノロ先生の科目に申し込みたいのですが」

「シノロ先生の倫理ですね。倫理はすべて抽選科目ですよ」

「え、抽選なんですか。僕、法学部生なのでぜったいに取りたいんです」

「教養科目なので学部は関係ありません。でも、希望者が多いから抽選です」

「シノロ先生は、だれでも取れると言ってましたけど」

「先生がそう言っても、倫理は抽選です。単位はだれでも取れるようですが、だれでも登録できるわけではありません。教養科目ですから、履修制限をかけています」

「先着順の登録ではないのですか」

「先着順だと申し込みが殺到するので……」

「そんなに希望者が多いのですか」

「昨年はシノロ先生のせいで、申し込みの三分後に大学のサーバーがダウンしました」

「そんなに人気があるのですか」

「人気があるのではなくて、たんに希望者が多いだけです」

「大学はシノロ先生が嫌いなんですか」

「どうしてですか。そんなことはシノロ先生に聞いてください」

「シノロ先生はやさしいですよ。でも、大学は嫌いだと言ってました」

「ほら、同じことでしょ」


「それで、シノロ先生の倫理は何人まで登録できるんですか？」

「三〇〇人までです」

「でも、一〇一教室だから、六〇〇人用の大教室ですよね」

「そんなことは関係ありません。教室が大きくても小さくても、登録は三〇〇人までと決まっているんです」

「だれがそんなこと決めたんですか」

「大学が決めたんです。学生のくせにしつこいですね」

「わかりました。では、登録できるように、シノロ先生〈命〉と書いて出しておきます」

「余計なことは書かなくていいです。それよりも第三希望まで書いてください」

「シノロ先生の倫理だけではいけないんですか」

「第二希望と第三希望も入れてください」

「でも、ほかの科目は取りたくありません」

「では、第一希望にシノロ先生の倫理、第二希望と第三希望はなしにして、第一希望が落ちた場合には、どれでもよいのところにマルを付けてください」

「わかりました」


「ところで、第一希望に当選する確率はどのくらいですか」

「三割くらいですかね。ほとんどの人が落ちますよ」

「えっ、ほとんどの人が落ちるんですか」

「運がよければ、当選します」

「もちろんそうでしょうが、シノロ先生の倫理って、そんなに人気があるんですか」

「だからさっきも言ったでしょ。人気があるんじゃなくて、たんに希望者が多いだけ」

「大学って、どうしてそんなにつっけんどんなんですか」

「こっちはね、シノロ先生のおかげで大忙しなんですよ」

「商売繁盛でいいじゃないですか」

「それどころじゃなくて、こちらはいつも人手不足だから、てんてこ舞いなんです」

「わかりました。それでは、シノロ先生のラクタン倫理を第一希望にして、抽選に外れたら桜井先生のラップで経済学にして、それにも落ちたら松本先生のパティシエ文化論にしておきます」

「それって人気科目ベストスリーでしょ。月刊『ボランティア』でも見てきたの？」

「そのとおりです。よくわかりましたね」

「人気科目を三つ並べても、第一希望で落とされたときには、第二希望も第三希望もすでに満員ですよ」

「じゃあ、そのときにはどうなるんですか」

「その場合には、空いている科目に回されます」

「空いている科目って何ですか？」

「例年だと、〈聖書講読〉とか〈賛美歌斉唱〉とか、キリスト教関係の科目ですね」

「キリスト教の科目はいりません。必修で取らされているから」

「必修科目の〈キリスト教入門〉とは別に、選択科目にもキリスト教の科目がありますよ」
「キリスト教の科目って、人気のない科目ですよね」
「人気のない科目ではなくて、大事な科目です」
「大学にとってはそうかもしれないけど、僕はシノロ先生の倫理が取りたいんです」
「どうしてそこまでシノロ先生にこだわるんですか」
「だって、みんながシノロ先生の倫理を取りたがるから」
「それが理由なのですか」
「みんなが取りたいから人気科目で、人気科目だからみんなが取りたいんです」
「それだと、ますます希望者が増えるでしょう」
「シノロ先生は、人気があるのは仕方のないことで、アダム・スミスに代表されるイギリスの古典派経済学の理論にかなっている、と言ってました」
「ここではそんなことはわかりません」
「では、履修登録も規制緩和して、大学も〈楽天市場〉のような自由市場にしたらどうですか」

少人数授業は不人気科目——孔子と孟子

「おれ、シノロ倫理の抽選に当たったぞ。翔、おまえは？」

「潤、おまえはいいよなー。おれは落ちたよ」

「で、落ちてどうなったんだ」

「第二希望の桜井のラップ経済学も落とされて、第三希望の松本のパティシエ文化論も落とされた」

「それは、ひどいな」

「しかたないから、余りものを拾ったよ」

「余りものって何だ」

「キリ教に決まってんだろ」

「〈キリ教〉って、キリスト教の授業のことか」

「ほかにないだろ」

「翔、そんなにふて腐れるなよ」

「おまえなんかいいよなあ。シノロ倫理に登録できたんだろう。ということは、単位を一個もらったもんだよ」

「え、そんなに楽勝なのか、シノロ倫理は」

「おまえ知らないのか。登録しただけで単位どころかSがもらえるんだぜ。ただし、登録するのがむずかしいんだけどな」

「ひぇー、おれなんかキリ教だよ。お先真っ暗。授業に出て、聖書読んで、お祈りまでさせられて」

「何言ってんだよ、キリ教の授業なんか、だれも出てないぞ。このまえ教室をのぞいてみたら、学生はだれもいなくて、先生だけだったぞ」

「え、そんな授業があるのかよ」

「それがあるんだよ。一年生でキリ教を取らされただろ。そして二年生になってもキリ教を取らされるなんて、ありえないよな」

「それじゃあ、学生のための授業じゃなくて、先生のための授業なんじゃないか」

「潤、おまえ、なかなかうまいこと言うな」

「そのとおり、この大学はミッション・スクールだろ。ということは坊主がたくさんいるわけだから、そのための授業があるわけだ」

「坊主って、おまえ、キリスト教だから、ちょっと違うんじゃねえか」

「まあ、同じようなもんだ。令和学院大学はキリスト教の学校だから、クリスチャンの先生が多いわけだ。その先生たちを食わせてあげるために、キリ教の授業がたくさんあるわけだ」

「なるほど、先生のための授業ってなわけだな」

「それでもって、学生に人気のある科目は少なくして、抽選でもれた学生たちを人気のない科目に振り分けていくんだ」

「潤、おまえ、大学のシステムをよく知っているな」

「そのくらい、ちょっと考えればわかるだろう」

「お客さまあっての授業だってこと知らねえのかな」

「大学にとっては、そんなこと知ったことじゃねえだろう」

「おれなんか、自慢じゃないけど、バイトして自分で学費を払ってるんだぜ」

「そりゃ、すごいな。うちの父ちゃんなんか金持ちだから学費くらい屁でもないぞ」

「まあ、ここはお嬢さま大学だけど、でも人気のない科目に振り分けられるのは釈然としないな。キリ教に授業料を払うのか」

「そうしないと、ザビエル学長も困るだろう」

「キリ教なんか、自由選択科目にしたら、だれも取らないよなあ」

「そりゃそうだけど、だから、抽選に落ちた学生をむりやり登録させているわけか」

「そのとおり。それを令和学院大学では〈少人数教育〉って呼んでいるんだぜ」

「おいおい、〈少人数教育〉ってそういう意味じゃないだろう」

「人気のある科目は抽選にして、落ちた学生を人気のない科目に振り分けて、それを〈少人数教育〉って呼んでいるわけか」

「翔、おまえも少しわかってきたじゃないか」

「ほめられても、うれしくはないよ」

「でも、シノロは孔子を気取って〈来るものは拒まず、去るものは追わず〉とか言ってるらしいぞ」

「潤、それは、孔子のことばじゃなくて、孟子のことばだよ。たんにカッコつけてるだけで、あいつは人気取りなの」

「シノロは、〈倫理はリベラル・アーツの自由選択科目だから、学生が自分で好きな科目を取るのが筋だ〉とか言って、大学と闘ってるようだし」

「そんなことはみんな知ってるよ。でも本当は、学生がたくさん来ればもうかるから

「なんで学生が来ればもうかるんだ?」

「シノロが言ってたけど、学生が登録すると、一人につき十円の手当が大学から出るんだって。だから、〈学生の顔が十円玉に見える〉とか言ってたぞ」

「あいつ、授業でそんなふざけたこと言ってんのか。ひんしゅくもんだな」

「まあ、おれたちの学費でシノロを養ってあげてるようなもんだしなあ」

「やっぱり大学だと、学生がお客さまで、先生が店員だよな」

「そりゃそうだよ、おれらは高い学費を払って、こんなとこまで来てるんだからな」

「そう言えば、カモがネギしょって大学に来ているようなもんだって、シノロが言ってたなあ。カモネギって、おいしい鍋っていう意味だろ」

「何言ってんだよ。おれたちのように、ぼられたバカってことだよ」

人数制限はクレームの嵐――ギリシア語のスコレー

「私、シノロ先生の倫理を取ることにしたよ。敦子は？」

「私も、シノロ先生の倫理。でも、抽選だから登録できないかもしれない」

「そうね。でも、抽選にするのは、人気のない科目を救うためでしょう。人気科目の登録者を少なくして、残りはだれも取りたがらないキリ教に回すんだって」

「令和学院大学って、学生のことまったく考えてないよね」

「優子、学校ってとこは、どこもそんなものよ」

「なんだかね。私は、シノロ先生のあの話し方が好きなんだ。敦子は？」

「あの話し方って、どういうんだったけ」

「なんかさ、子どもに話しかけるように授業でも話すんだよね」

「ああ、あの口調か。耳触りはよいかもしれないね」

「シノロ先生は、藤原瞳先生を見習ってるって言ってたわよ」

「え、藤原ひとみ？　それってロリ系のAV女優じゃないの」

「ちがう、ちがう、そっちじゃなくて、『ののちゃん』に出てくる藤原瞳先生よ」

「『朝日新聞』の四コマまんがだっけ。それで、どんな先生なの？」

「とにかくいいかげんで、やる気がなくて、得技がなんと〈自習〉なの。笑っちゃうでしょ」

「それって、まるでシノロ先生ね」

「そうでしょう。いわゆる脱力系ってやつ。授業が嫌いで、何でも〈適当〉がモットー。考えるのは好きなんだけど、まじめに考えようとしないのよ」

「だから何でもありなのね」

「ふざけた哲学者ってとこかなあ。そんな先生のところにも学生が来るの？」

「それが来るのよ。だって、優子だって申し込んだでしょう」

「そりゃそうだけど。でも私は、シノロ先生の声が好きなの」

「気持ち悪い」

「ぜんぜん気持ち悪くないよ。先生の声は〈ソフトな語り口〉っていうの」

「先生の声じゃなくって、シノロ先生〈命〉ってとこがキモいの」

「でも、けっこうそういう子もいるよ。女子のあいだでも人気あるし」

「だから、人数制限になるのよ」

「シノロ先生は人数制限に反対しているらしいよ。なんでも、女子は全員、受け入れますとか言ってたし」

「じゃあ、男子はどうするわけ」

「だって、男子は履修登録しても、授業に出てこないじゃない」

「それもそうね。でも、女子のみ登録可なんてできるの」

「先生がそう言ってるだけで、できるわけないか」

「あの先生は、何でも言いたい放題だから」

「それはね、憲法二十一条にある〈表現の自由と思想の自由を大切にしているんだ〉って、シノロ先生が言ってたよ」

「あの先生にかかれば、何でもありよね」

「でも、私なんか、シノロ先生が自分で人数制限をしているのかと思ってた」

「どうやらそれは違うらしいよ。先生じゃなくって大学がいじわるしてやってることだって言ってた」

「どうりで、みんなが事務所にクレームを言いに行ってるわけだ」

「そうそう、先生が人数制限に反対しているのに、大学が制限するから、シノロ先生の授業が取れないって」

「それってちょっとおかしいんじゃないの。大学が学生を排除しているわけ」

なんで先生がいいって言ってるのに、大学が学生を排除しているわけ」

「頭きちゃうね」

「くる、くる。大いに頭にくる」

「私たちも事務所にクレームを言いにいこうか。言ったもの勝ちよ」

「私が聞いたところだと、シノロ先生は希望者全員を受け入れたいらしいのね。でも、そうすると裏番組の授業がつぶれるから、大学が履修者を三〇〇人に制限しているらしいよ」

「〈裏番組〉ってなに？」

「人気のない科目のこと、つまり、キリ教よ。

優子も考えてごらんなさい。授業の時間割ってテレビの番組表にそっくりでしょう。月曜日の三時間目にシノロ先生の論理があるでしょ。そうすると、その時間のほかの授業はだれも取らなくて、閑古鳥が鳴いてるわけ」

「なるほど、そういうことか。でも閑古鳥って、なんて鳴くの？」

「優子、そんなことも知らないの。〈ヒマ、ヒマ、ヒマ〉って鳴くに決まってるじゃない」

「あはは！　そうか。シノロ先生だったら、〈ひまを表わすギリシア語のスコレーから、学校を表わす英語のスクールということばが生まれました〉なんて言ったりしてね」

「うまいこと言うわね。優子もすっかり、シノロ病にかかっているわよ」

「もう敦子にも伝染しちゃってるしね」

「きゃー、やめてよ。私はまだ優子ほど重症じゃないんだから」

「じゃあ、いっしょに事務所にクレームを言いにいこうか」

「オーケー」

「これで、シノロ先生も喜ぶってわけか」

「でも、先輩が言ってたけど、シノロ先生の倫理は激戦だから、なかなか取れないらしいよ」

「だいじょうぶ、だいじょうぶ、そこは私に任せておいて。うまい方法があるんだから、いっしょに行こう」

抽選登録のひみつ――アリストテレスの形而上学

「すみません、私たち、シノロ先生の倫理に申し込みたいんですけど」

「シノロ先生の倫理は抽選科目ですよ」

「はい、知ってます」

「じゃあ、ウェブサイトから申し込んでください」

「え、事務所で申し込むんじゃないんですか」

「履修登録はすべてサイトから行なってください。いまどき窓口で申し込んだりはしません」

「でも、シノロ先生が〈抽選は事務所でやってるから〉って言ってましたが」

「シノロ先生はウソつきだから、信じちゃダメですよ」

「え、違うんですか」

「抽選は事務所で行ないますが、申し込みはウェブサイトから行なってください」

「でも、〈クレームを言って交渉すれば何とかしてくれる〉って、シノロ先生が言ってましたよ」

「そんなことはありません。抽選で決めますから、交渉してもむだです」

「学生の意見は聞いてもらえないんですか」

「聞くも聞かないもありません。文句があるんだったら、ほかの科目を取ればいいでしょ」

「文句はないんですが、シノロ先生の倫理が取りたいだけです」

「だったら、まずは抽選に申し込んでください」

「はい、わかりました。そうします。で、申し込んだあとはどうなるんですか」

「抽選をして、当選した人はこちらで登録しておきます」

「それって、どうやってわかるんですか」

「今日が申し込みですから、明日、抽選をして登録しておきます。あとは自分の時間割表で確認してください」

「どうやって確認するんですか」

「当選していれば登録されていますし、当選してなければ時間割のところが空欄のままになっていますから、別の科目を自分で選択してください」

「でも、抽選って、どうやって行なわれるんですか」

「コンピュータで行ないます」

「先着順じゃないんですか」

「違います。先着順ではなくて抽選です」

「でも、シノロ先生が〈はやめに申し込むように〉って言ってましたけど。はやく申し込むと有利なんですか」

「そんなことはありません。はやく申し込んでも、おそく申し込んでも同じです」

「でも、抽選は面倒だから、申し込み順で処理しているといううわさですよ」

「とんでもない。ちゃんとコンピュータで抽選しています。だれがそんなこと言っているんですか」

「シノロ先生が授業でそう言ってました。だから、はやめに申し込もうと思って……」

「シノロ先生の言っていることはいいかげんですから」

「なんで大学って、シノロ先生をそんなに毛嫌いするのですか。そこまで悪く言わなくても」

「大学がシノロ先生を嫌っているんじゃなくて、シノロ先生が大学を嫌っているんです」

「それって同じことでしょ」

「どっちでもいいですが」

「優子、そう言えば、倫理のテストで〈シノロ先生が嫌いなものを三つ書きなさい〉っていうのがあったらしいよ」

「そんなのあったかしら」

「あったわよ。私は先輩から聞いたから、よく覚えているの」

「それで、正解は何なの」

「シノロ先生が一番嫌いなものは〈ニンジン〉で、二番目に嫌いなものが〈ピーマン〉、そして三番目に嫌いなものが〈大学〉だって言ってたよ」

「え、シノロ先生、そんなこと言ってるの」

「言ってるどころじゃないわよ。これがねえ、去年の期末テストの問題だったんだから」

「シノロ先生って、なんかぶっ飛んでるわね」

「優子、それってたんに〈非常識〉って言うんじゃない」

「非常識っていうか、シノロ先生は〈常識を疑うところから学問が始まる〉って言ってたわよ。そしてこの疑いが、古代ギリシアの哲学者アリストテレスによれば、西洋形而上学の始まりなんだって」

「まあ、シノロ先生の考えだとそうなるんだろうけど、それにしてもねえ」

「敦子も言ってたじゃない。中間テストの問題が〈シノロ先生の好きなものを三つ書きなさい〉だって」

「ああ、そう言えばそういう問題もあったみたいね」

「それで、好きなもの三つって何だったわけ」

「それがね、シノロ先生が一番好きなものは〈スタバのコーヒー〉でしょ、二番目に好きなものが〈ハーゲンダッツのアイス〉、そして三番目に好きなものが〈ゴディバのチョコ〉なんだって」

「なーんだ、これは簡単じゃない。私たち女子学生には常識よね。男子にはちょっと難しいかも」

「でも、こんなのがいったい倫理とどう関係しているわけ」

「そんなこと、シノロ先生に聞かないとわかんないわよ」

「それもそうね。じゃあ行こうか」

履修登録の秘訣と裏技——儒教の王道

「大野先輩じゃないですか、こんなところで何をしているんですか」

「おお、前島と大田じゃないか。おまえたちこそ、何でこんなところで仲よく並んでるんだ」

「え、だって、今日から履修登録の受け付けでしょう」

「それはそうだけど、履修登録の受け付けといっても、人気科目はどうせ抽選だぞ」

「そんなことは知ってますよ。でも、先輩だって、ここに並んでいるじゃないですか」

「断わっておくが、おれには切実な理由があるんだよ」

「切実なわけって何ですか。聞いてみたいですね。大野先輩、教えてください」

「それはなあ、おれはおまえたちとは違って今年で卒業するからさ」

「先輩って、もう四年生でしたっけ」

「五年だよ。悪かったな」

「先輩、でも大学って、八年まで居られるらしいですよ。私たちといっしょにゆっくりしていきましょうよ」

「何言ってんだか。おれはもう留年できないの。就活も始めたし、今年こそは卒業して就職するんだ。もう親からの仕送りも止まっているしな」

「それとこれと何の関係があるんですか、先輩？」

「前島、いいか、よく聞け。卒業するには単位が必要だろう。単位を取るためには人気科目を履修するのがいいんだぞ」

「人気のない科目だっていいじゃないですか」

「そうはいかないんだな、これが。人気のない科目は難しい科目だから、孟子が説いたように、単位の取りやすい人気科目を登録しておくのが〈王道〉っていうもんだ。そこで、シノロ倫理を取るわけだ。おれは儒教の教えに従ってるんだ。キリスト教じゃないぞ」

「それって、みんなが考えていることと同じですよ。王道じゃなくって常識」

「大田、それは違うな。一、二年生が考えているのは、抽選に応募して、当選したらラッキーというもんだろう。おまえらもそうだろう」

「もちろんそうです」

「おれはそこが違うんだ。いいか、抽選に応募するとたいてい落ちるんだ。だって考えてみろよ、シノロ倫理なんてだれでも合格できるからみんな応募してくるわけだ。ということは、抽選の倍率は少なく見ても二倍だ。下手すると三倍から四倍だろうな。そんなの申し込んで落選してキリ教にでも回されてみろ、おれの卒業はまた延期になるわけだ」

「なるほど、それで大野先輩はどうするんですか」

「問題はそこなんだが、上級生にはよい智恵もあれば経験もあるんだ。これは内緒だけど、おまえたちだけに教えておこう。いいか絶対にだれにも言うんじゃないぞ、前島、大田」

「はい、はい」

「よし、じゃあ教えてやろう。シノロ倫理は人気科目だから履修制限になってるだろう。だからまずは抽選をやって、当選したやつらは登録してめでたしなんだけど、落ちたやつらはキリ教に回されるんだ。でも、そこで終わりじゃないんだな、これが。そのあとに二次募集があるんだ。だからおれは最初からそこを狙っているわけさ」

「人気科目なのにどうして二次募集があるんですか」

「それは、一次募集の抽選に当選しても、登録しないやつがいるからさ」

「え、そんな人がいるんですか。もったいないなあ、シノロ先生だとかならずSがもらえるっていうのに」

「それはな、正確に言えば、登録しないのじゃなくて、登録できないんだ。なぜかというと、抽選で当選したやつのなかには、必修科目とバッティングして登録できないやつもいるんだな。一年生は何も知らないものだから、必修科目と同じ時間に選択科目を入れようとするんだな」

「そんなアホはいないでしょう」

「令和学院大学にはそれがけっこういるんだよ。なかには何を勘違いしたのか、必修科目があるとわかっていても、選択科目のシノロ倫理を取りたがるようなアホもいるわけだ」

「それって大アホですよ」

「それだけじゃないぞ。もっとすごいのはなあ、去年シノロ倫理を取っていたのに、今年もまた取ろうとするバカなやつもいるんだ」

「それって、二年生以上でしょう」

「もちろんそうだな。だって、去年シノロ倫理を取ってSもらってるんだから、今年もまたシノロ倫理を取ればSがもらえると思っているんだからな」

「だけど、同じ科目は二回も取れないでしょう」

「もちろん取れないさ。でもそんなことも知らずに申し込んでくる大バカものもけっこういて、抽選に当選しても登録できないやつがわんさか出てくるってことさ」

「なるほど、先輩はそこを狙っているんですね」

「そのとおり。おまえはなかなか頭がいいな」

「大野先輩の弟子ですから」

「前島、おまえをおれの弟子にしてやった覚えはないぞ」

「で、師匠、どうすれば登録できなかった人の分を横取りできるんですか」

「横取りするって、そんな物騒なことを言うんじゃない」

「じゃあ何するんですか」

「何てことはないさ。抽選のあとには二次募集があって、そこで補欠を取るだろう。二次募集ってのは、一次で落ちたやつは応募できないから、一次募集にわざと申し込まないで、二次募集から申し込むのさ」

「なるほど、なるほど。けっこうあくどいですね。でも、そんなのでうまくいくんですか」

「問題はそこだ。二次募集は補欠募集だから先着順なんだ。だからおれはここでいまからこうやって並んで待っているんだ。わかったか」

「へー、そうなんですか。でも、並ぶにはまだはやすぎませんか」

「大田、何言ってるんだ。はやく並ぶだけでSが一個もらえるんだからお安いものよ。細工は流々仕上げを御覧じろ(ごろう)ってわけだ」

シノロ教授の授業ガイダンス――マルクスの下部構造

「はい、シノロ先生ですよ。みなさん、こんにちは。今日はお友だちを連れてきましたか？」

「はーい」

「いいですね。お友だちを作って仲よくするのが〈倫理〉でした。では、一人で暗ーく考え込むのは？」

「道徳です」

「そうです。シノロ先生の授業は倫理ですから、授業のときにはお友だちを連れてきてくださいね。いいですか、同伴出勤ですよ」

「えー」

「失礼しました。令和学院大学は上品なミッションスクールですから、〈同伴出勤〉とか言ってはいけませんね。意味がわからない人は、お家に帰ってお父さんに聞いてみてください。同伴出席でした」

「ははは」

「それでは授業を始めます。今日は最初にプリントを配りますので、一枚ずつ受け取ってください。大きなプリントはガイダンスの資料で、小さなプリントは小テストの用紙です。もらいましたか？

小テストの用紙は、この授業のために特別に作ってもらったものです。用紙の真ん中のところに透かしが入っています。まずは、透かしが入っているかどうか確認してください」

「はーい」

「用紙の真ん中に〈シノロ〉印が入っているものは本物で、印がないものは偽物ですからね。透かしがありましたか？」

「ありませ〜ん」

「おかしいですね。では、もう一度、みんなで見てみましょう。ちょっと持ち上げて見てください」

「先生、何も映ってませんよ」

「見えませんか。おかしいですね。じゃあ、今度は天井の照明を当ててみましょう」

「は～い」

「いま、こうやって紙を持ち上げて見た人。先生はね、そういう素直な子どもが好きなんです」

「え～」（爆笑）

「じゃあ、これから問題を二つ、出しますね。しっかりノートに書き留めてください」

「はーい」

「行きますよ。第一問です。シノロ先生のお家にはネコがいます。ネコちゃんの名まえは何というのでしょうか」

「そんなの知らないですよ」

「では、先生が教えてあげましょう。ネコちゃんの名まえは〈リンちゃん〉といいます」

「リンちゃんだって、かわいーい」

「倫理のリン、不倫のリン、絶倫のリンです。そうやって覚えておきましょう」

「倫理のリンちゃん、不倫のリンちゃん、絶倫のリンちゃん」

「そうです。この問題はよく出ますからね。昨年の期末テストにも出ました」

「これって、倫理の授業と関係があるんですか」

「もちろん関係あります。〈基本の基〉、つまり、かのマルクスが言うところの下部構造です。そしてまたこの問題は、倫理の授業にちゃんと出て、シノロ先生のお話をしっかり聞いていたかどうかを試す問題でもあるのです」

「なるほど、マルクス主義の〈下部構造〉なんですね。てっきり〈下ネタ〉かと思った」

「では、もう一問、ついでに出しておきましょうね。いまから写真を四枚写しますから、スクリーンを見てください」

「はい」

「四人の人物が写っています。さて問題です。このなかで、シノロ先生はどれでしょうか。授業に出ていた人には簡単、でも、授業に出たことのない人には難しい問題です。みなさんには簡単ですよね」

「もちろん超・簡単です」

「よろしい」

「ところで、シノロ先生、ほかの三人はだれですか？」

「よい質問ですね。では先生が説明していきましょう。これも試験問題にできそうですね。まずは一番目、ヒゲを生やしてエラそうにしている人、これは令和学院大学のヒゲ理事長です」

「なるほど。エラそうにしていますね」

「本当はエラくも何ともないんですが、エラを張って威張っているだけです。つぎに二番目、頭の真ん中がハゲあがっている人、これはハゲ学院長です」

「なるほど、ハゲ頭だ！」（笑）

「そして三番目、これは学長です。ザビエルと呼ばれています。見たことありますか？」

「あ〜、あいつか。いつもお経を唱えている古ダヌキだよ」

「そのとおり。最後に四番目、これはみなさんご存じ、シノロ先生です」

「でも、似てな〜い」

「そんなことありません、ジャニーズ時代のシノロ先生ですから」

「え〜、先生、ジャニーズにいたんですか？」

「四人そろってフォーリーブスです」

「本当ですか」

「もちろん、ウソです。先生の話はすべて創作（フィクション）ですから」

倫理とは何ぞや――広くて浅い教養

「いいですか、シノロ先生のお話は、新しい世界を切りひらく創造ですからね」

「先生、それってたんに、ウソって言うんじゃないですか」

「ウソじゃなくて、フィクションって言ってください」

「でも、どこまでがホントで、どこからがウソなのか、わかりません」

「わからないからいいんです。わかるものをわからないように話すのが〈芸術〉なんですから。ついでに言うと、わかるものをわかるように話すのが〈学問〉で、わからないものをわかったかのように話すのが〈宗教〉です」

「先生、さっぱり意味不明で、まるっきりわかりません」

「では、これから説明していきますので、先生の話をよく聞いてください。まずは、ウソとホントをわけていきます。そうするとウソとホントがわかります」

「わけるとわかる？」

「そうです。一つのものを二つにわけることができれば、それでわかったことになります。わかりやすい例で説明しましょうね。ここに紙くずがあります。これは、燃えるゴミでしょうか、それとも、燃えないゴミでしょうか?」

「燃えるゴミです」

「そうですね。これは簡単でした。このようにゴミを二つにわけていくと、それがどのようなものであるのかわかってきます」

「なるほど」

「もっと一般的に言うと、あるものを二つにわけて、それが何であるかがわかったときに、日本語では〈理解した〉といいます。古代ギリシアのことばでは、これをクリティケー(分割)といい、英語ではクリティック(批判)といいます」

「シノロ先生、すごーい」

「ここからが本題です。耳をダンボにして(注:もはや死語)、しっかり聞いてください。茶道に表千家と裏千家があるように、物事には表と裏があります」

「先生、キリスト教で言えば、カトリックとプロテスタントのようなものですね」

「ピンポーン、そのとおりです。いまのはとってもよいたとえでした」

「ありがとうございます」

「授業にも二通りあります」

「二通りの授業って、何ですか？」

「おもしろい授業とつまらない授業です」

「おもしろい授業とつまらない授業？」

「そうです。おもしろい授業というのは、文部科学省のことばでは、わかりやすい授業のことです。反対に、つまらない授業というのは、わからない授業のことです」

「それで、わかりやすい授業って、どんな授業ですか」

「よい質問ですね。わかりやすい授業というのは、具体的な例を挙げたり、時事問題を扱ったりする授業です」

「先生、それってまるで〈アカデミック・リテラシー〉ですよね」

「そのとおり。具体的な例を挙げたり、時事問題を取り上げたりするのは、令和学院大学だと、アカデミック・リテラシーという安直な授業ですね。本当は、アカデミックではなくて、ジャーナリスティック・リテラシーなのですが、でも、倫理は違います」

「どう違うんですか？」

「倫理という科目は、広くて浅ーい教養なんです」

「広くて浅ーい教養って何ですか」

「それもよい質問ですね。教養というのは、一言で言えば、子どもが大人になるために身につけておくべき〈力〉です」

「大人の力ですか？」

「そうです。大人の力です。大学ではこれを〈コミュニケーション能力〉と呼んでいます」

「あ、〈英コミ〉だ。英語コミュニケーションみたい」

「まさにそのとおりです。みなさんが学んでいるのは、シェイクスピアの英文学ではないですよね。そうではなくて、英語でコミュニケーションすることですよね」

「そのとおりです。英文学ではなくて、英コミです」

「倫理もそうなのです。お友だちを作るのが倫理だし、先生のお話を聞くのも倫理です」

「なんでいきなりそうなるの〜」

「先生とみなさんとのあいだでコミュニケートしているでしょ？」

「なるほど」

「これが大人の力、教養です」

「シノロ先生すごーい」

「少しもすごくありません。当たり前のことをそれらしく言っているだけです」

「でも、そんなこと考えたこともなかった」

「そうです。いつもは考えないことをふと立ち止まって考えるのが〈倫理〉です。ふだんは気づかないことをちょっと考えてみるのが大学の〈学問〉です。ということで、そろそろ時間になりました。今日の授業のまとめをしておきます」

「ちょっと待ってください。ノートに書きますから」

「倫理とは、広く浅く、他人とコミュニケートする大人の力である」

「先生、具体例がないと、やっぱりわかりません」

「はい、はい。困ったものですね、いまどきのお子ちゃま学生は。いいですか、たとえば、教室の空気を読んだり、キャンパスの雰囲気を感じ取ったり、知らない人との距離を測ったりすること、これが倫理です」

「それはわかるのですが……」

「そこで、その場にあったふさわしい振る舞いができると、それを倫理的と言うのです」

「そうだとすると、まったく空気の読めないシノロ先生は、倫理的じゃないですよ」

「なるほど、だから先生はみんなに意地悪されるんですね」

II　シノロ教授の災難

大学当局のマル秘作戦——ヘーゲルの弁証法

「花形君、昨年やって来た〈シノロ教授〉って、倫理を担当しているんだっけ」

「はい、そうです。山本課長」

「でも、倫理を担当していながら、倫理的でないってうわさだぞ」

「あ、それ、僕も聞きました。学生の授業評価アンケートにも、そう書かれていましたね」

「それに、シノロ教授は、授業中に大学を批判しているっていうじゃないか」

「そうなんですよ。批判をすることはよいことだとか、まったくけしからん先生ですよね」

「最近はそういうわけのわからない先生がいるから、事務方は困るんだよなあ」

「課長、大学の先生ってみんなそんなものですよ」

「言われてみると、それもそうだな。大学の先生は自分が〈王様〉だと思い込んでるからな」

「で、われわれ事務職員を〈小使い〉とか呼んでるんですよね」

「大学の先生っていいよなあ、好き勝手なことが言えて。それでおれたちの三倍の給料をもらっているんだぞ。それに比べれば、おれたち職員はみんな雑用係みたいなもんだからなあ」

「何言ってるんですか、課長ともあろうものが。ここは一発、シノロ教授をギャフンと言わせてみようじゃありませんか」

「それはいいな。花形君、生意気なシノロ教授をとっちめる、よい案でもあるのか」

「いくらでもありますよ」

「そうか。では、さっそく作戦会議といこうじゃないか」

「山本課長、シノロ教授をとっちめる作戦会議ではさすがにまずいですから、マル秘作戦として、表向きは〈授業倫理のための会議〉とでもしておきましょう」

「なかなかの妙案だ。授業倫理だと、一見したところＦＤ会議みたいだな」

「そのとおりですね。そう言えば、シノロ教授はＦＤ会議の委員でしたよ」

「え、あんなやつがＦＤやってるの？」

「なんでも、シノロ教授はＦＤをフロッピーディスクと勘違いしていたらしいですよ」

「まったくもって、シノロ教授というのはトンチンカンなやつだなあ」

「だから僕が教えてやったんですよ。ＦＤというのは、フロッピーディスクではなくて、ファカルティ・ディベロップメントのことだって。つまり、授業改革ですよね」

「ちゃんと教えてあげたか？　ファカルティは大学の先生のことで、ディベロプメントは能力の開発だって。これは、日本の大学でしか通用しない和製英語なんだぞ」

「もちろん、肝心なのは大学教員の教育力を高めることで、事務局を中心にして大学の授業改革を行なっていくんだって教えてあげましたよ」

「そうしたら、シノロ教授はなんて言ってたんだ。ちゃんと理解できていたか？」

「それがなんと、大学教員の教育力を高めるだって、と目を丸くしていましたよ」

「事務局が大学教育の中心だってことも伝えたのか」

「はい、もちろん伝えました」

「でも、そんなことは当たり前だよな」

「先生のほうからすると、そうでもないらしいですよ」

「まさか、シノロ教授はそんなことも知らなかったのか」

「知っているわけがないじゃないですか、シノロ教授って、自分の研究にしか興味がないんですから」

「まあ、それを言ってしまえばおしまいだな。大学の先生ってものはなあ、例外なくみんな自分の研究のことしか考えてないぞ」

「だから大学の先生になったんでしょうけど。でも、令和学院って、研究をするような大学じゃないですよね」

「まあ、それもそうだな。というよりもだな、令和学院大学にかぎらず、いまはどこの大学でもそうだな。日本の大学で研究っていうのも、ちゃんちゃらおかしな話よ」

「そうですよね。こっちはお子ちゃま学生を相手にしているのに、シノロ教授は〈学問の発展に貢献する〉とか、寝ぼけたことを言ってますからね。

そういえばこのまえ、シノロ教授からこうも言われましたよ。大学教授の仕事は研究であって、授業や教育は雑用にすぎないんだって」

「本気でそんなことを言っているのか、シノロ教授は」

「シラフで言ってましたよ」

「こりゃ、重症だな。いまどきの大学でこれはないだろう。シノロ教授ってのは、まったくもって大学の現状がわかってないんだな」

「そうですよね。困ったものです」

「文科省だって、日本の大学に文系の学部はいらないって言ってるんだぞ。そもそも日本には大学の数が多すぎるんだがな」

「にもかかわらず、大学に倫理の授業があるって、どういうことなんでしょうね。倫理なんて役に立たない科目はいらないに決まってますよね」

「シノロ教授にそんなこと言ってみろ。ぜったいにあいつのことだから、〈役に立たないからこそ倫理は必要なのです〉とか言ってくるぞ」

「どうして役立たないのに必要なんですか」

「そこが倫理的っていうらしいぞ」

「ちんぷんかんぷんで、よくわかりませんね」

「シノロ流に考えると、必要なものは倫理的ではなくて、必要のないものが倫理的らしいぞ。たしかヘーゲルの弁証法とか言ってたな」

「それも、さっぱりわかりませんね。なんでこんなところにヘーゲル弁証法なんかが出てくるんですか」

「たんにそう言って、バカな学生たちを煙に巻いてるのさ。まあ、大学には弁証法なんて関係ないんだからな。とにもかくにも、シノロ教授を追い払う作戦会議だ」

「わかりました、山本課長」

シノロ教授を狙え——孫子の兵法

「山本課長、まずは、シノロ教授の授業に探りを入れてみましょう」

「どうやってやるんだ、花形君」

「アルバイトの野村を授業に潜り込ませます」

「なるほど、あいつだとまだ学生に見えるな」

「それでもって、シノロ教授が授業で変なことを言ってないか、チェックするんです。シノロ教授のことだから、きっと授業中にとんでもないことを言ってますよ。たとえば、大学の批判をしたり、学院の悪口を言ったり……」

「あるいは、ザビエル学長の授業はつまらないとか言ったりして」

「あいつがとんでもないことを言ったら、それをつかまえて、あとからこっぴどくとっちめてやりましょう」

「それはいい案だ。じゃあ、まずは偵察だ。孫子の兵法にもあるように、敵を知り、己を知れば、百戦殆うからずじゃ」

「承知しました、課長」

「そう言えば、シノロ教授はかつて倫理学の登録は抽選で、補欠は先着順とか言ってたな」

「ええ、初回のガイダンス授業で、そう言ってました」

「どうしてそんなこと言ってんだ。倫理ごときで抽選とか、補欠募集とか、あるわけないだろう」

「そうですよね。ちょっと人気が出たからといって、シノロのやつは天狗になっているんですよ」

「バカな学生たちが騙されて申し込んでも、抽選なんかやるものか」

「そんなの面倒なだけですよね。適当に登録しておきましょう」

「かわいい女子学生を自分で選びたいとか、シノロ教授は勝手なことをぬかしやがって、ひんしゅくを買ってるんだぞ」

「自分で選んでどうするんでしょうね」

「それよりも、適当に選んで、面倒にならないように、少なめに登録しておくんだぞ。ベンサム流の〈最大多数の最大幸福〉の逆を行って、令学流の〈最大多数の最大不幸〉だ」

「はい、わかっています、課長。そして、余裕があっても、補欠募集とかしないんですよね」

「よくわかってるじゃないか。それでこそ令和学院大学だ」

「はは〜、お代官さまのお考えはよく存じ上げておりますので」

「何を言っておる。それでは、わしはまるで時代劇のなかの悪代官ではないか」

「まあ、事務方ってのは憎まれものですから」

「それもそうだな、先生たちにはこき使われ、学生たちにはクレームを言われ、不満ばかりがたまるんだよな。言ってみれば、ストレスの多い中間管理職だな。そこでだ、叩きやすそうなシノロ教授をいじめて、スカッとしようじゃないか」

「そうこなくっちゃ」


「野村、ちょっといいかな」

「はい、花形さん、何でしょうか」

「じつは、折り入って頼みたいことがあるんだが」

「何なりとおっしゃってください」

「おう、それは助かるな。じゃあ、これから、シノロ教授のところに行ってきてくれないか」

「はい、わかりました。それで何を伝えてくればいいんですか」

「そういうことじゃないんだ。まずは、こっそり教室に忍び込んで、シノロ教授が学生に配っているプリントをもらってきてくれ」

「え、プリントをもらってくるのですか。先生に断わらなくてもいいんですか」

「バカ、そんなこと大きな声で言うもんじゃない。こっそりもらってくればいいんだ」

「はい、わかりました。それくらいのことはできると思います」

「よし、そうしたらつぎは、シノロ教授の倫理の授業を聞いてこい」

「え、授業を聞いてくるんですか」

「そうだ、だまって、教室のなかで授業を聞いてろ」

「でも、そんなことして大丈夫なんですか」

「大丈夫だ。問題ない」

「問題ないって、それって本当に大丈夫なんですか」

「まあ、法律には触れないだろう」

「それはそうかもしれませんが、何だか気が引けますね」

「そんなことを言ってるから、シノロ教授にバカにされるんだ」

「え、バカにされてるんですか」

「そうだ、だからここで仕返しをしなければならんのだ。わかったか」

「わかりました。では、教室に行ってきます」

「よし、任せたぞ。いいか、くれぐれも見つかるなよ。それから、たとえ見つかったとしても、盗聴などとは口が裂けても言ってはならんぞ。あくまでも学生のふりをしていろ」

「はい。でも、見つかったら、まずくないですか」

「学生にばれなければいいんだ。おまえなんか、シノロ教授からすれば学生のなかの一人だろうし、ほかの学生からすれば知らない人だろうから、ばれるはずがない」

「それもそうですね。では、しっかりと、シノロ教授の授業を聞いてきます」

「肝心なのは倫理の授業じゃないぞ、シノロ教授が大学の批判をしたり、学院の悪口を言ったりしていないか、しっかりと聞いてくることだ」

「わかっています。証拠をつかんで、シノロ教授を痛めつけようってわけですね」

「そのとおりだ。じゃあ、これを持っていけ、秘密兵器だ」

「何ですか、これは？」

「見ればわかるだろ、盗聴器だ」

秘密録音される授業——法律か倫理か

「すみません。この席空いてますか？」

「はい、どうぞ」

「じゃあ、ここに陣取って、シノロ先生の授業を聞くとするかな」

「あの、どちらの学部ですか」

「ええ、僕ですか。えーと」

「私は文学部の英文で、篠田といいます」

「ああ、僕は法学部の野村です。よろしく」

「法学部なんですか。で、学科はどちらなんですか」

「え、学科ですか。学科は法律学科です」

「じゃあ、法学部の法律学科なんですね」

「そ、そうです」

「法律学科だから、頭がいいんですね」

「いや、それほどじゃないですよ。英文の子には負けます」

「でも、法律学科なのに、どうして倫理の授業に出ているんですか」

「それは頼まれたから。いやそうじゃなくて、先生がおもしろそうだから」

「え、シノロ先生の授業って、おもしろいですか。たんに楽勝科目だからでしょ」

「それもあるけど。篠田さんは、どうして？」

「私の場合は、楽をしたいだけ。楽しくて楽な授業が好きなの」

「よいしょっと」

「ねえ、それ何？」

「あ、これは、何でもないっすよ」

「それって、ＩＣレコーダーじゃないの？」

「そ、そうですね。先生のことばを聞き逃さないようにね」

「え！　野村くんって、そんなに熱心に授業を受けているんだ。すごいね」

「いや、そういうわけじゃなくて、友だちが休みだから、代わりに録音しているだけなんだけどね」

「ふーん、友だちって、最初の授業から休んでいるんだ」

「そうなんだよ。これがひどいやつでね。録音しておけば、あとから聞けるだろって」

「何だか大げさね。たかだか倫理の授業で録音とは」

「おれもそう思うんだけどね」

「でも、録音のこと、あらかじめ先生から許可をもらっているの？」

「いや、何も取ってないけど」

「それって大丈夫なの？」

「どうして？」

「だって、こっそり録音したり、撮影したりするのって、犯罪になるんじゃないの？」

「禁止はされてないと思うよ。この大学だと慣例的に行なわれてるし」

「え、そうなの？　でも、授業を無断で録音するのは、先生に失礼でしょう」

「そうかな」

「シノロ先生に聞いてみれば？」

「そうだね。あとからね」

「野村くんは法学部の学生でしょ。そのあたりは法律ではどうなってるの？」

「何が？」

「授業をこっそり録音するのって、法に触れないのかなって疑問に思っただけ」

「どの法律に触れるの？　著作権とかプライバシー権とか？」

「そんなこと私にはわからないわよ、英文なんだから。でも、無断で録音するんでしょ」

「無断録音じゃなくて、法律では〈秘密録音〉って言うんだけどね」

「秘密録音が先生にばれたら大変じゃない」

「それは大丈夫だよ。どうせばれるわけないだろうし」

「先生にばれなくても、倫理的にはどうなのよ？」

「え、倫理的ってどういう意味さ」

「だって、法律では問題がなくても、良心がとがめるってこともあるんじゃないの」

「そんなことあるかなあ？」

「それはあるでしょう。シノロ先生だったらそう言うんじゃないかしら。まえに、授業中にスマホで撮影してた人がいて、問題になったこともあるし」

「そんなことがあったのか。おれは知らないけど」

「それが大ありよ。シノロ先生の授業には、アイドルとかタレントとか、たくさん出てたから」

「え、そんなのがシノロの授業に出てたのか。おれも見たかったなあ」

「野村くん、あなた、何も知らないのね。まるでモグリの学生みたい」

「そんなの聞いたこともないよ」

「学生のあいだでは有名よ。だって、令和学院大学には、芸能人がいっぱいいるじゃない」

「いるにはいるけど、そんなのがシノロの授業に来るかなあ。それほど暇じゃないだろう」

「それが来るのよ。最後のテストの日だけなんだけどね。それを目当てに、オタク学生が教室に潜り込んできて、あちこちで盗撮してたのよ」

「令和学院らしいな」

「そうね。芸能学科もあることだしね。そのうち芸能学部になるってうわさよ」

「令和学院大学から令和芸能大学へか？」

「まあ、そこまでは行かないだろうけど、盗撮はまだしも、あとからユーチューブにアップしたり、ツイッターで拡散したり」

「ひえ〜、そんな学生もいるのかよ。おれ、そんなの見たことないよ」

「もっとひどいのになると、テレビ番組に投稿したりするのよ。グラドルの横川ルイさんが授業中にスマホをいじっていて、シノロ先生に怒られていましたって」

「それじゃ、秘密も何もないじゃないか」

仕掛けられた罠――人の道とは

「野村くん、あなた何を考えているの？」

「いやいや、シノロの授業を録音しておけば、いつかきっと役に立つんだよ。ひょっとしたらやつのシッポをつかむことができるかもしれないしな」

「何言ってるの。だって、それって友だちのために録音してあげるんじゃないの」

「まあ、それはそうなんだが、その友だちってのが悪知恵の働くやつでな。この録音テープでシノロ教授をゆすろうって言うんだ」

「そんなこと考えてるわけ。あきれた」

「そりゃそうだろう。だって、学生たちは高い学費を払わされたうえに、シノロの書いたくだらない教科書まで買わされているんだぞ」

「そんなの大したことないわよ。だって、ここはお金持ちのお嬢さま大学じゃない」

「女子はいいよな。そんなふうに言えば、格好がつくから。でもおれは違うんだよ」

「あなたこそ、いったい何を考えてるの」

「何にも考えてないさ。ただ、言われたことを忠実にやってるだけだよ」

「何よ、その言われたことって」

「それはないしょ」

「何よそれ。それはないしょって、男らしくないわよ」

「いまの世の中、男も女もないだろ。男女平等、機会均等だぜ」

「その言い方、腐った女みたいね。それだから、シノロ先生の授業をこっそり録音して、あとから先生をゆすろうっていうのね」

「そんな、人聞きの悪いことを言うものじゃないよ。たんに録音しているだけだよ」

「で、録音してどうするの」

「まあ、見ておけよ。あいつのことだから、倫理の授業に登録してくださいね、とか言って、学生にこび売るんだぜ」

「それって、いまどきの大学教授の姿よね。シノロ先生だけじゃないわよ。みんなそうよ」

「そりゃそうだ。学生が来なければ、先生たちも商売あがったりだからな。それだけじゃないぞ。客が増えるように、シノロのやつは登録の抽選に反対してもいるんだぜ」

「え、先生が自分で抽選しているんじゃないの？ でも、それってどうして？」

「そりゃそうだろ。学生一人につき十円の手当が付くから、先生からすれば、学生は多ければ多いほどいいのさ」

「なるほどね、それでシノロ先生は、学生の顔が十円玉に見えるって言ってたんだ」

「ほー、そんなこと言ってたのか。篠田さん、貴重な情報をありがとうね」

「よく言ってるわよ。最近は老眼になったから、教室にいる学生が十円玉に見えるって」

「おい、おい、それだよ。おれが聞きたかったのは。そうやってシノロは学生を利用しているんだな」

「でも、そんなこと聞いてどうするのよ」

「それは君には関係ないさ」

「はあ？」

「で、シノロはほかにどんなこと言ってたんだ」

「自分で聞いたら。それに、シノロ先生の授業を秘密で録音するんでしょう」

「篠田さんだっけ、けっこう冷たいじゃないか。さてはシノロに気があるな」

「何言ってるのよ。もう支離滅裂」

「じゃあ、協力しろよ」

「何に協力するわけ。私はただ、シノロ先生の授業に出たいだけ。あなたのように卑怯なまねはしていません」

「どうしておれのやってることが卑怯なんだよ」

「だって、授業をこっそり録音して、あとから先生をゆすろうとしているんでしょ」

「そうだよ。それのどこが悪いんだよ」

「悪いに決まってるじゃない。法律のことはよくわからないけど、そんなの人の道に反するわよ」

「何だよ、その〈人の道〉っていうのは」

「人の道というのはね、それが倫理よ。野村くん、わからないの？」

「人の道が倫理だと。そんなのわかりっこないな」

「だって、あなたは教室に潜り込んで授業をこっそり録音しているんでしょう。そんなことをしてたら、普通は後ろめたい気持ちになるわよ。あなたには罪悪感ってないの？」

「そんなものはないな」

「本当にそう？　それだったら、正々堂々と、シノロ先生と対決すれば」

「おいおいおい、そんなこと言うなよ。こっちは、か弱い職員なんだぞ」

「え、職員？　それって先生が大嫌いなゴマスリ主任の手先のこと。それだったら一大事よ。すぐに隠れないと、親衛隊につかまるわよ」

「何だよ、その〈親衛隊〉っていうのは」

「え、親衛隊も知らないの？　シノロ先生のとりまきグループよ」

「そんなのがいるのか」

「けっこういるわよ。教壇のすぐ前に陣取っているのが親衛隊で、頭のいかれた女の子たちよ。シノロ先生の口調にだまされたんでしょ」

「それって、たんなる物好きじゃないのか」

「物好きなのはあなたでしょ。親衛隊に見つかってごらんなさい。すっごく怖いんだから」

「そんなに怖いのか」

「怖いも何も、いつだったかな、授業をのぞきに来た教養部長が親衛隊につかまって、とっちめられていたわよ」

「え、なんで教養部長がこんなとこに来るんだ」

「シノロ先生はいつも大学を批判しているから、授業を見張ってたんじゃないの。教養部長が女装して潜り込んでいたんだけど、親衛隊に見つかって大騒ぎになったのよ」

「キリ教のゴーマン部長が女装して来ていたのか。それはぜひ見てみたかったなあ」

左手に聖書、右手に日の丸——相対主義的寛容論

「私たち、シノロ先生の親衛隊なんだけど、あなた、こんなところで何してるの?」

「え、僕ですか。ここで、シノロ先生の授業を聞いてますが」

「そんなこと聞いてないわよ。何よこれ、そこに置いてあるもの」

「あ、これは」

「みんな聞いて、この子、だまって先生の講義を録音しているのよー」

「いや、そうじゃなくって」

「じゃあ、いったいこんなところで何してるの」

「となりの女の子に聞いてもらえば」

「何寝ぼけたこと言ってんのよ。あなたのとなりには、だれもいないじゃない」

「あっ、さっきまでいたので、聞いてもらえばわかります」

「ひょっとして、あなた、うちの学生じゃないわね」

「いえ、令学の学生ですよ」

「うそ、あんた学生には見えないわね。なんかおじさん臭いし」

「いや、僕は令和学院大学の学生ですよ」

「じゃあ、学生証を見せてよ」

「あ、学生証は家に忘れてきたので」

「うそおっしゃい。そうやって潜ってんでしょ」

「そういうわけじゃないんです」

「この授業には、秋葉のオタクがけっこう紛れ込んでいるんだから」

「僕はオタクなんかじゃないですよ」

「じゃあ、何なの」

「ただ、シノロ先生の授業を聞いてるだけですよ」

「はじめて見る顔だけど、シノロ先生の授業を登録しているの」

「いや、それは」

「やっぱりね。じゃあ、ちょっとそのレコーダーを貸してみてよ」

「あ、それはダメですよ。借りてきたものだから」

「自分の物じゃないんだ。じゃあいいじゃない。ちょっと再生してみるわね」

「はーい、みなさん、こんにちは。シノロ先生でーす。これから倫理の授業を始めますよー。ちゃーんと聞いてくださいね」


「この甲高い声、シノロ先生の声じゃない。やっぱり、盗聴してたんだ」

「盗聴なんかしてませんよ。たんに録音していただけです」

「何言ってるのよ。盗聴も録音も同じことじゃない。こっそり録音してたんでしょ」

「ち、違います。授業をしっかり聞いていただけですよ」

「もうちょっと聞いてみるわね」


「授業のはじめに、お祈りをしますよ。令和学院大学はミッションスクールですから、左を向いて賛美歌を歌いましょう。はい、アーメン。よくできました。ではつぎに、令和を名乗る大学ですから、右を向いて君が代を歌いましょう。はい、こーけーのーむーすーまーでー」

「これ、授業の始まりだよ」

「え、シノロ先生はいつも君が代を歌ってから授業をするんですか。ミッションスクールで君が代って、まずくないですか」

「何でまずいのよ。そんなの好みの問題よ。たぶんつぎのところにも出てくるわよ」

「はい、上手に歌えましたね。キリスト教が好きな人は、左を向いてお祈りをしましょう。天皇陛下が好きな人は、右を向いて日の丸を仰ぎましょう。どちらを向いてもいいですよ。右を向くのも左を向くのも、好みの問題ですから」

「ほら、やっぱり、好みの問題でしょう。何でも好みの問題にしてしまうところが、シノロ先生のすごいところよね」

「みなさん、先生はスタバのコーヒーが大好きです。でも、スタバの紅茶は苦手です。これはね、コーヒーと紅茶のどちらがおいしいのか、という問題ではないですよ。たんに、紅茶よりもコーヒーが好きという好みの問題です」

「これが、シノロ先生が言うところの〈倫理〉よ。わかった？」

「倫理って、そんなに単純なものなんですか？」

「そんなものよ。シノロ先生がよく言っているでしょ。左手で聖書を開いて、右手で日の丸を振るのよ」

「何ですか、それ」

「まだ、わからないの。シノロ先生の言い方を借りれば、左を向いて聖書を読んでもいいし、右を向いて日の丸の旗を振ってもいいってこと。これが倫理っていうの」

「やっていることはぜんぜん違うことのように見えますが」

「違うことのように見えても同じことなの。そこがシノロ先生の相対主義的寛容論のすごいところなのよ」

「相対主義的寛容論？　で、どこが同じなんですか」

「向いてる方向は違っても、していることは同じっていう意味。つまり、どっちを向くか、それは好みの問題ってことよ」

「そんなに簡単に言ってしまっていいんですか。君が代とか日の丸とか、大学に言いつけますよ」

教養部主任の尋問——リベラルアーツ対パターナリズム

「シノロ先生は授業中に大学の批判をしているそうですね」

「ゴマスリ主任、私は自分の考えを述べているだけです」

「教養部主任として、私は事実を確認しています。学生の人気取りもしているそうですね」

「どういうことでしょうか」

「〈倫理以外の科目はつまらない〉とか言ってませんか」

「どうしてですか」

「シノロ先生の授業について、ほかの先生からクレームが出ていますよ」

「ほかの授業についてはわかりません」

「そうですか。では、科目登録のとき、シノロ先生〈命〉と学生に書かせていませんか」

「シノロ先生〈命〉ですか、学生が書いているのかもしれませんね」

「はぐらかさないでください。では、キリスト教の科目を批判していませんか」

「キリスト教を批判することは、キリスト教を理解することです」

「どういう意味ですか」

「令和学院大学の『学校案内』にも、そのように書かれていました」

「そんなことが書いてありますか」

「書いてあります。批判するときにはわけて考えますから、わけるとわかるのです」

「わけるとわかるのですか」

「そうです。キリスト教をカトリックとプロテスタントにわけると、キリスト教が何であるのかがわかります。わけたときにはじめて、それが何であるかがわかるのです」

「それは一種のことばあそびみたいですね」

「ゴマスリ主任、学問とは〈ことばあそび〉ですよ」

「そうでしょうか。シノロ先生、私には言っている意味がよくわかりませんが」

「つまり、批判することがプロテスタンティズムの精神という意味です」

「それはマックス・ウェーバーのことばなのですか」

「いえ、カントの『純粋理性批判』のなかにあることばです」

「カントはそんなことも言ってるんですか」

「はい。クリティックとは、わけるという意味の古代ギリシア語〈クリティケー〉に由来しますから」

「古代ギリシア語にまでさかのぼるのですか。よくわかりませんが、まるで哲学的な禅問答のようですね」

「哲学も禅も、ひとつの倫理ですから」

「そんなことよりも、教養部としては、シノロ先生の授業によって大学の業務に多大なる障害が生じたことを重く見ています」

「ゴマスリ主任、業務障害とは何のことですか」

「最初のガイダンス授業のときに、シノロ先生は何を説明されましたか」

「最初の授業では、プリントを配って授業の概要を説明しただけですが」

「シノロ先生が学生に配付したプリントというのは、これですよね」

「そうですが。どうしてゴマスリ主任がそのプリントをお持ちなのですか」

「それは言えません。学生に配付された資料によると、先生は履修登録の制限にも抽選にも反対しているとあります。ここには、びっくりマークも付いていますね」

「はい、そのとおりですが、それが何か」

「それが何か？　履修制度は大学が決めたことですから、それに従ってもらわないと困ります」

「大学が決めたことであっても、私はそれに反対することができます」

「でも、シノロ先生も令和学院大学の教員の一人なのですから」

「もちろんそうです。教員の一人であっても、組織の決定に反対することはできます」

「どうしてそういうふうに考えるのですか」

「私は自由だからです。履修制限には学生も反対しています」

「学生の意向がどうであれ、シノロ先生とは関係ありません」

「学生は先生が登録を制限したり、抽選をしたりしていると思っています」

「履修登録の制限は大学の決定で、抽選は事務所が行なっています」

「そうです。だから問題なのです」

「どうしてそこが問題なのですか」

「大学が制限をしたり、事務所が抽選をしたりすると、学生からクレームが来るのです」

「それは仕方のないことです」

「そんなことはありません。そもそも履修登録の制限をする必要はないのですから」

「どうして制限をする必要がないのですか」

「それは簡単です。一つには、制限をしなくても、それほど多くの学生は授業には来ません。ほとんどの学生は登録するだけですから」

「それで、もう一つは何ですか」

「二つめには、倫理は教養科目で、しかも自由選択科目です」

「それとこれと、どういう関係があるのですか」

「自由に選択できるのがリベラルアーツ、つまり教養です」

「教養って、そういう意味なのですか」

「そうです。教養とは、自分で考えて自分で判断する力です」

「でも、学生に任せていると、楽な授業に流れて、多人数授業になりませんか」

「学生が自分で決めることが大事なのです。たとえ間違った選択であっても、自分で選ぶことが教養の道なのです」

「シノロ先生、大学の方針は少人数授業なのですが」

「ゴマスリ主任、それはパターナリズムといって、学生にとっては余計なお世話なのです」

自白を迫る誘導尋問――世界史の変革

「シノロ先生には学生の考えがわかるのですか」

「学生の意見にはつねに耳を傾けていますから、よくわかっています」

「自分の意見を学生の意見と言っているだけではありませんか」

「そんなことはありません。学生の意見です」

「でも、シノロ先生は授業中に学生を扇動しているという話ですよ」

「ゴマスリ主任、それはどういうことでしょうか」

「たとえば、履修登録の申し込みは抽選なのに先着順とか言ってませんか」

「そんなことは言っていませんが」

「言っていたらどうしますか」

「言ってませんので、どうもしません」

「こちらには証拠があるのですよ」

「では、証拠を見せてください」
「証拠は見せません」
「どうして見せないのですか」
「見せないことにしているからです」
「学生がそんなことを言っていたのですか」
「それもあります」
「ほかには何があるのですか」
「シノロ先生がそう言っていたという証拠があったらどうしますか」
「どうしますか、というのはどういう意味ですか」
「もしも学生たちを煽っていたら、どのような責任を取るのですかという意味です」
「ゴマスリ主任、私は学生たちを煽ったりはしていません」
「では、シノロ先生は授業で学生に何を伝えているのですか」
「私は履修登録の制限にも抽選にも反対しているので、クレームは事務所に言うように伝えています」
「どうして事務所なんですか」
「事務所が履修登録の窓口だからです」

「クレームが出ないように、シノロ先生が正しく説明すればよいだけではないですか」

「履修登録について、私は正しく説明しています」

「事務の話では、シノロ先生が間違った情報を学生に流しているので、大学の業務に障害が生じたということです」

「間違ったことは伝えていませんし、私の授業と大学の業務障害は何の関係もありません」

「関係はあります。抽選に落ちた学生や保護者からたくさんのクレームが大学に来ました。シノロ先生が、クレームを言って交渉するようにと学生にけしかけたからですよね」

「学生がクレームを言うのは健全な行為です。お客さまからのクレームは宝物です。そもそも不必要な制限や抽選を大学がしているのがおかしいのですから」

「大学はそうは考えていません。それに一斉に登録するように言ってませんか。十二時ちょうどに登録してくださいとか」

「登録は抽選ですよね」

「そうです。登録は抽選です。にもかかわらず、先着順であるかのように学生に伝えて、十二時ちょうどにログインして、シノロ先生の論理を登録するように仕向けていませんか」

「そんなことは言っていませんが」

「言っていたらどうしますか」

「どうしてそんなことを聞くのですか」

「どうしてもこうしてもないでしょう。十二時ちょうどに学生たちが一斉に申し込んだので、大学のサーバーがダウンしてしまったのです」

「それとこれとは関係ありません」

「シノロ先生、どうして関係がないのですか」

「サーバーのダウンは以前にもありましたから」

「どういうことですか」

「私の授業に来ている学生たちが一斉に申し込んだとしても、大した人数ではありません。それよりも、大学のサーバーの容量が少ないだけではないですか」

「そんなことはありません。シノロ先生が間違った情報を流したから、学生たちが一斉に申し込んできて、大学に損害を与えたのです」

「それは申し訳ありませんでした」

「責任はシノロ先生にありますよ」

「ゴマスリ主任、たかだかサーバーがダウンしたくらいで騒ぐこともないでしょう」
「たかだかとは何ですか」
「そのくらいのことでは世界史は変わりませんよ」
「世界史と何の関係があるのですか」
「世界史が変わるのであれば一大事ですが、そうでなければ気にすることもないです」
「そんなふまじめなことを言っていいのですか」
「まじめに話しています」
「では、もう一度お聞きしますが、最初の授業で、十二時ちょうどに申し込むよう学生たちに伝えませんでしたか」
「そんなことは言っていませんが」
「本当に言っていませんか」
「言っていません」
「言っていたことが、あとからわかったらどうしますか」
「言っていないので、何もしません」
「シノロ先生、こちらには証拠があるのですよ」
「ゴマスリ主任、証拠というのは何ですか」

「録音テープです」

学びたい科目を学びたい――アイデンティティーの哲学

「シノロ先生はひょっとしてご存じないのでは」

「何をですか？」

「いいですか。ここは令和学院大学ですよ」

「はい、そうですよ」

「大学を批判したり、大学の決めたことに従わないと、どうなるのかをご存じでしょう」

「ゴマスリ主任、どうなるのですか」

「大学にいられなくなるのです」

「私は別に構いませんが」

「では、シノロ先生、令和学院大学を辞めていただけますか」

「どうして私が辞めることになるのですか」

「たったいま、辞めてもよいと言ったでしょ」

「そんなこと言いましたか」

「とぼけてもダメです」

「いたってまじめですけど」

「では、こうしましょうか。解雇されるのがいやなのでしたら、自己都合で退職するということにしておきましょう。そうすれば何事もなく退職金も出ますから」

「どうして私が退職しなくてはいけないのですか」

「それは簡単です。第一に大学が必要としていないから。第二に大学を批判しているから。そして第三に大学に損害をもたらしたからです」

「大学が必要としなくとも、大学を批判しようとも、私は大学に損害をもたらしたことはありません」

「それが大いにあるのですよ」

「どんなことでしょうか」

「シノロ先生は、大学の決めたルールを授業中に批判して、クレームを事務所に言うように学生を煽ったり、それればかりか、保護者にも大学に電話をするように伝えましたよね」

「その、何々してますよねとか、何々を言ってますよねとか、止めてもらえませんか」

「どうしてですか」

「誘導尋問だからです」

「そうですか。でも、学生をそそのかして大学にクレームを言わせたのは事実ですよね」

「そもそも学生をそそのかしたことはありません。たんに批判精神を育てているだけです」

「どうしてそんなことをするのですか」

「世の中の不正を批判するのがどうしていけないのですか」

「大学が決めたことは不正ではありません」

「大学が決めたことは、学生が考えていることとはまるっきり違いますよ」

「どこが違うのですか」

「学生が希望しているのは、取りたい科目を取りたいということです」

「取りたい科目を取りたいとはどういうことですか。トートロジー（同語反復）なので、さっぱりわかりません」

「アイデンティティーの哲学と呼んでください」

「シノロ先生、ちゃんとわかるように説明してください」

「ゴマスリ主任、学生が望んでいるのは少人数教育ではありません。それはたんに大学が受験生向けに宣伝している文句です」

「それで、何が言いたいのですか」

「学生が望んでいるのは、学びたい科目を登録して単位を取りたいということです」

「当たり前のことを言っているように聞こえますが」

「そうです、当たり前のことです。にもかかわらず、人数制限をすると、学びたい科目を取れない学生が出てくるのです。学生からすれば、人数が多くても問題はありません」

「大学はそうは考えないのです」

「では、いったいだれに向かって授業をしているのですか」

「もちろん学生に向かってです」

「それならば、学生の意向に従ってはどうですか」

「そんなことをすると、学生は楽な授業ばかりを取ってしまいます」

「学生が自分で決めたのであれば、それでよいではないですか」

「シノロ先生、それだと学生は甘い物ばかりを食べてしまいますよ」

「ゴマスリ先生、学生は先生が考えているほど愚かではありません」

「大学は学生の教育に責任がありますから、学生は必要な科目を学ぶべきなのです」

「それはたんに大学の都合で、人気のない科目に学生を振り分けるためですよね。たとえば、キリスト教の科目とか、体育の科目とか」

「令和学院大学はミッションスクールですから、キリスト教の授業は必修なのです」

「それはたんなる思い込みです。英語ならまだしも、キリスト教の科目を必修にしておく必要はないのでは？」

「なぜそんなことを言うのですか」

「大学が人気科目の履修者を制限するのは、人気のない科目に学生を回すためですよね」

「そんなことはありません」

「ゴマスリ主任、では、どうして学生から不満が出るのですか」

「それは、シノロ先生が煽っているからです」

「私はそのようなことはしていません」

「でも、保護者から苦情の電話がかかってくるのですよ。保護者から電話が来れば、大学はそれに対応しなければなりません」

「きちんと対応すればよいのでは」

「そんなことをしていれば、通常の業務ができなくなります」

「保護者の声に耳を傾けるのも、大事な仕事なのではないですか」

「シノロ先生、それは違います。保護者はだまって学費を出しておけばよいのです」

雇われの身――リベラリズムとリバタリアニズム

「ゴマスリ主任、保護者はだまって学費を出せ、というのが大学の本音ですよね。でも、いまの保護者は違いますよ」

「シノロ先生、それはどういう意味ですか」

「大学にとって学生は大事なお客さま、保護者はもっと大事なスポンサーです」

「それで何が言いたいのですか」

「学生の希望を聞き、保護者の話もきちんと聞いてみてはいかがですか」

「もちろんきちんと聞いています。でも、そのためにだれかが余分な仕事をしなければならないのですよ」

「余分な仕事ではありません。学生や保護者はクレーマーというわけではありませんから」

「そうとも言えませんよ。一時間も電話で話をしている父親もいましたから」

「それだったら保護者の意向に従ってはどうですか」

「そんなことをすれば大学のルールが崩れます」

「では、大学のルールを変えればよいのではないですか」

「そんなことはできません」

「どうしてですか」

「大学が決めたことだからです」

「大学が決めたことならば、変えることもできるのではないでしょうか」

「そんなことをしていれば、組織が成り立たなくなります」

「何をそんなに守りたがっているのですか」

「大学といってもひとつの組織なのです。そこにはルールも必要だし、秩序も必要なのです」

「そんなものはなくても何とかなりますよ」

「また、そのようないいかげんなことを言って」

「私はまじめに話しているのですが」

「シノロ先生がそのようなことを言うから、学生が事務所に押し寄せてきたり、保護者が大学に電話をしてきたりするのです。シノロ先生の責任ですからね」

「ゴマスリ主任、だから言ってるでしょ。学生の希望を聞いて、保護者の希望を聞いて、そのとおりにすればクレームは来ないのです」

「そんなことをしていれば、大学が混乱します」

「混乱などしません。大学が勘違いをしているだけなのですから」

「大学がどんな勘違いをしているというのですか」

「自分ではよいと思ってしていることも、学生からすれば、それはたんなるお仕着せか、余計なお世話にすぎないのです。それが大学のやっていることなのです」

「そんなことはありません」

「そうでしょうか。他人への余計なお世話を、令和学院大学では〈他者への貢献〉とか言ってますが」

「大学は学生のことを思ってそうしているのです」

「それが余計だと言っているのです」

「シノロ先生、何を言っているのですか。これは令和学院大学の創立以来の教育理念なのですよ。今はなき創立者の元理事長先生のおことばなのですから」

「そんなことはありません。他者への貢献など、つい最近になって考え出された〈ボランティア〉のことです」

「ボランティアのどこがいけないのですか」

「いけないなどとは言っていません。たんに余計なお世話だと言っているのです」

「大学が授業を準備して、学生がこれを学ぶ。これでいいじゃないですか」

「学生に学びたい授業を選択させてはどうですか」

「それだと責任放棄になります」

「そんなことはありません。学生の自主性を育てることになります」

「それは自主性ではなく、無責任な自由放任ですよ。自己責任論ですね」

「リベラリズムということですか」

「リベラリズムというよりもリバタリアニズムです」

「どこが違うんですか」

「シノロ先生、よく聞いてください。リベラリズムは自由主義ですが、必要があれば自由の制限も認めています。だから、シノロ先生の倫理はリベラリズムではなくて、むしろリバタリアニズムです」

「そのリバタリアニズムとはどういう意味ですか」

「リバタリアニズムも自由主義ですが、シノロ先生のような、たんなる身勝手という意味です」

「ゴマスリ主任、なかなかうまいことを言いますね」

「茶化さないでください」

「褒めているだけです」

「いずれにしても、シノロ先生の授業で大学の業務に支障が生じたのですから、事実関係をはっきりさせて教授会に報告いたします」

「私の授業と大学の業務障害とはまったく関係ないですよ」

「大学側はそうは判断していません」

「では、どのように判断しているのですか」

「それは教授会で報告いたします」

「私の考えは聞いてもらえないのですか」

「シノロ先生には先生の考えがあるでしょう。でも、大学には大学の考えがあるのです。シノロ先生は雇われの身だということを肝に銘じておくことですね」

「たしかに私は大学に雇われてはいますが、しかし奴隷ではありません。何ものにもとらわれず自由に考えることができます」

「シノロ先生、カッコつけてもダメですよ。もう勝負は付いているのですから」

欠席裁判のゆくえ——信じるものは救われるか？

「シノロ先生、これから教授会なのですが、ちょっと席を外してもらえませんか」

「ゴーマン部長、それはどうしてですか」

「シノロ先生のことが議題になっていますから」

「それでしたら、私は出席していたほうがよいのではないでしょうか」

「教授会の慣例で、人事にかかわる場合は、本人は退席することになっていますから」

「そうすると、欠席裁判になりませんか」

「そんなことはないですよ、シノロ先生、私を信じてもらえませんか」

「〈信じる〉ってどういう意味ですか」

「シノロ先生、いいですか。まだ内々のことなのですが、大学当局から訴えがありました。しかし心配はいりません。教養部は一丸となって、シノロ先生を守り、大学当局と闘うつもりですから」

「大学当局からの訴えとは、どのようなことでしょうか」

「ここでは申し上げられませんが、人事にかかわることですので、あとは私に任せてください」


「では、これより教養部の教授会を始めます。最初の議題は、シノロ先生にかかわることなのですが、ご本人の出席については、どのようにいたしますか。どなたかご意見がおありでしたらお願いします」

「ゴーマン部長、すでにシノロ先生がここにいるわけですから、無記名投票で決めてはどうでしょうか」

「わかりました。それではゴマスリ主任、投票用紙を配っていただけますか。いまからシノロ先生の件について議論をするわけですけど、本人の在席を認めるかたは○を、退席を求めるかたは×を付けてください。

書き終わりましたら、投票をお願いします。

はい。回収が終わりましたので開票していきます。○が五票、×が十七票、白紙が八票です。退席を求める票が過半数ですので、シノロ先生、退室してください」

「シノロ先生が退室しましたので、大学当局から出された訴えについて議論をしていきます。この件については、ゴマスリ主任から説明していただけますか」

「はい、私のほうから説明します。お手元の資料をご覧ください。事務局の話では、シノロ先生が授業で自分の科目を登録するように学生たちに呼びかけたので、申し込みが殺到して大学のサーバーがダウンしたそうです。もう一つには、履修登録の抽選に漏れた場合には、大学にクレームを言うように、学生やその保護者をそそのかしたとのことです」

「ゴマスリ主任、本当にそんなことがあったのですか」

「それについては調査を行ないました。ゴーマン部長、調査委員会の報告に移ってもいいですか」

「どうぞ続けてください」

「調査委員会では、まずは事務課長から詳しい事情を聞きました。手短に申しますと、シノロ先生が授業で間違ったことを伝えたために、大学の業務に障害が出たということです」

「その点はさきほどの報告と重なりますね」

「そうです。そこで調査委員会は、つぎにシノロ先生に事情を聞きました」

「大事な点なので、詳しく説明してください」

「はい、シノロ先生は当初は事務局の訴えを認めていなかったのですが、証拠を示すとたんに態度を変えて、事実関係を認めてきました」

「証拠を見て、シノロ教授は自分のしたことを認めたというのですか」

「そのとおりです」

「それでは、シノロ教授はみずからの責任を認めているということですか」

「責任は認めているのですが、困ったことに謝罪はしたくないと言っています」

「奇妙な言い方ですね」

「じつは、シノロ教授はかつて職員から暴行を受けたことがあるので謝罪したくないようです」

「ゴマスリ主任、それは事実なのですか。暴行については調査委員会で確認したのですか」

「調査委員会では確認できませんでしたが、シノロ教授が言うには、教室から出たところで男性職員に肩をつかまれて押し倒されそうになったそうです」

「それでけがをしたのですか」

「そのあたりはわかりません」

「では、調査委員会ではどのような結論を出したのですか」

「はい、そこで調査委員会で検討した結果、シノロ先生に一筆書いてもらって、丸く収めるのがよいだろうということになりました」

「一筆書いてもらうとは、どのようなことなのでしょうか」

「シノロ先生に始末書を出してもらえば、それでよいのではないでしょうか」

「ゴマスリ主任、始末書を書くことに、シノロ先生も同意しているのですか」

「はい、同意しています」

「もしもそれでよければ、教養部の教授会としては、調査委員会の報告を受けて、始末書を書くように、シノロ教授に求めてはいかがでしょうか」

「ゴーマン部長、ちょっと待ってください。始末書を書いてもらうためには、そのまえに、シノロ先生を懲戒処分にする必要がありますが」

「そうですか、では教養部長である私のほうから、シノロ教授を懲戒処分にする動議を提出いたします」

Ⅲ　シノロ教授の逆襲

イケメン弁護士・草薙五郎の登場——該当性と相当性

「令和学院大学のシノロ教授と申します。弁護士の草薙(くさなぎ)先生に折り入って相談したいことがあるのですが」

「どのようなことでしょうか」

「じつは職場で懲戒処分になりそうなのです」

「シノロ先生、詳しくお話していただけますか」

「はい。私の授業が原因で大学に業務障害が生じたらしく、大学は私を懲戒処分にするつもりなのです」

「ちょっと待ってください、シノロ先生。先生の授業と大学の業務障害が、いったいどこでつながるのですか」

「大学の訴えでは、私が授業で間違ったことを伝えたので、学生たちが一斉に履修登録して大学のサーバーがダウンしたそうです。それから、抽選で登録できなかった学生たちが大学にクレームを言ってきたので、大学の業務に支障が生じたそうです」

「わかりました。つぎに、懲戒処分をする条件については、就業規則に定められているはずですが、令和学院大学ではどうなっていますか」

「令和学院大学の就業規則を持ってきました」

「ちょっと確認してみます。第五章の〈懲戒処分〉のところですね」

第五章　懲戒処分
第一条　つぎのいずれかに該当するときは、懲戒処分を行なう。
1 学長の命令に背いたり、指示に従わなかったとき。
2 能力のない部長や主任をバカにして、不快にさせたとき。
3 不適切な言動で、学生や職員との関係を悪化させたとき。
4 故意または重大な過失によって、大学の備品を壊したとき。
5 大学の名誉を毀損するような、くだらない本を出版したとき。
6 盗聴、盗撮、痴漢など、ハレンチな犯罪行為があったとき。

「草薙先生、どうでしょうか」

「これは懲戒の理由というものです。2と3はパワハラもしくはアカハラです。5と6の規程は珍しいですね。懲戒の種類はどうなっていますか」

第二条　懲戒の種類は、つぎのとおりとする。
1　戒告　始末書を提出させて、きつく反省させる。
2　減給　給与の一部を減額し、ボーナスを与えない。
3　出勤停止　十四日を上限として出勤を停止し、自宅待機とする。
4　停職　一八〇日を上限として停職を命じ、その間の副業を禁止する。
5　降格　職位や階級を下げて、雑用を押し付ける。
6　諭旨退職　退職願を提出するように勧告し、穏便に退職させる。
7　懲戒解雇　即刻解雇して、放逐する。

「ところどころにおもしろい規程が入ってますね。それから、手続きのほうはどうですか」
「つぎの項目だと思います」

第三条　懲戒は、つぎの方法による。

1 教授会の決定にもとづき学長が行なう。学長は理事会の同意を得なければならない。

2 あらかじめ懲戒の理由を記載した説明書を交付しなければならない。

3 懲戒の言い渡しにあたっては、その者に対して弁明の機会を与える。

「手続きのほうは、問題なくできていますね」

「それで、草薙先生、どんなものでしょうか」

「懲戒処分が法的に有効とされるには、まず、就業規則があること、つぎに、懲戒理由に該当すること、そして、社会通念上の相当性を有すること、以上三つのすべてを満たしている必要があります」

「就業規則に懲戒の項目はありますから、問題は該当性と相当性になりますか」

「そうですね。懲戒処分をするためには、シノロ先生の行為が就業規則の懲戒理由に該当している必要があります。つまり、客観的に合理的な理由があるということです」

「では、相当性のほうはどうですか」

「相当性とは、懲戒処分が社会通念上相当であるかということです。つまり、処分が重すぎないかということです」

「草薙先生の見立てではどうでしょうか」

「微妙なところですね。いずれにしても、以上の三つがそろってないと、懲戒権の濫用で無効ということになります」

「なるほど、よくわかりました。それで、どうでしょうか。実際のところ、懲戒処分になりますか」

「就業規定に懲戒はありますが、該当性と相当性という点で、処分するのは難しいのではないですか」

「難しいというのは、どういうことでしょうか」

「シノロ先生の行為によって大学に損害が生じたことを、大学側が立証しなければなりませんから、法的にはそれが難しいという意味です」

「私のほうは何をすればよいのですか」

「シノロ先生は、とくに何もしなくてもよいです」

「でも、草薙先生、何もしないと、大学側は私に嫌がらせをしてきますよ」

「そのときは私に任せてください」

学長への挑戦状——やむを得ず、法的措置を講じます

「シノロ先生、心配しなくても大丈夫ですよ」

「草薙先生、ひょっとすると懲戒処分にしてくるかもしれません」

「通常は、懲戒処分になったあとに、処分が無効だという訴えを起こすのですから、いまからそんなにビクビクしなくても」

「そうなんですか。でも、それ以前に何か手立てはありませんか」

「手立てというと」

「たとえば、懲戒処分にならないように、あらかじめ何か手を打っておくとか」

「できないことはありません。では、大学のほうに内容証明で通知しておきましょうか」

「何を通知するのですか」

「この場合ですと、シノロ先生の行為は懲戒には該当しないし、処分にも相当しない、

という通知を出しておくことになります。それでよろしいでしょうか」

「はい、それでお願いします」

「でもそのまえに、シノロ先生が私に代理人の委任をして、私が受任したことを大学に伝えておく必要があります」

「それもお願いできますか」

「わかりました。では、受任通知といっしょに懲戒無効の通知を大学へ送っておきますね」

「よろしくお願いします」

令和学院大学　ザビエル学長　殿

通知書

当職は紀川シノロ氏から委任され、代理人となりましたのでご連絡いたします。

貴学の教養部教授会は、シノロ教授の調査委員会を設置しました。その後、ゴマスリ主任による事情聴取がなされています。

まず、ゴマスリ主任の質問には大きな偏りがあり、拷問調の聴取がなされています。調査については、中立公平な立場から質問していただくことを要請します。

また、証拠にもとづかない一方的な事実認定がされないよう要請します。

ゴマスリ主任によりますと、シノロ教授の授業科目に履修登録をするため、学生のアクセスが集中してサーバーがダウンしたとのことです。また、登録できなかった学生が事務所に大挙して押し寄せ、事務所の業務ができなくなったとのことです。

しかしながら、シノロ教授の授業とサーバーダウンとのあいだに因果関係はありません。また、事務所の業務障害は大学側が決定した履修制限によるものであり、シノロ教授の授業が原因ではありません。


以上のように、教養部教授会が検討している懲戒処分は、前提たる事実を欠いており、かりに懲戒処分がなされたとしても、法的に無効なものとなりますので、貴学がシノロ教授を懲戒処分しないようあらかじめご通知申し上げます。

万が一、シノロ教授に対し不当な処分がされたような場合には、やむを得ず、貴学に対して法的措置を講ずることも申し添えます。

なお、証拠として、シノロ教授の講義を盗聴して秘密録音したテープがあるとのことですので、録音テープの開示も求めます。

令和元年五月一日　紀川シノロ氏代理人弁護士　草薙五郎

「草薙先生、通知書の最後にある文句〈やむを得ず、法的措置を講じます〉というところがカッコイイですね。なんか決まってますよ」

「何がですか」

「令和学院大学への先制攻撃ですよね」

「そんなものではありません。たんなる受任通知です」

「でも、これで私の懲戒処分もとりあえず先送りになるような気がします」

「それならばよいのですが。でも、これで終わるわけではありませんよ」

「もちろんそうでしょうが、このあと相手はどう出てくるでしょうか」

「まあ、大学のことですから、顧問弁護士が出てくるでしょうね」

「とすると」

「その後は、シノロ先生の代理人である私と、大学の代理人である顧問弁護士とのあいだでの交渉に移ります」

「草薙先生、弁護士同士が交渉するとどうなるのですか」

「それはわかりませんが、互いに意見を交換して歩み寄ることになるかもしれません」

「話し合いで解決するのですか」

「交渉して合意が成立する場合もあれば、交渉しても合意が成立しない場合もあります」

「合意が成立すればよいのですが、万一合意が成立しない場合はどうなるのでしょうか」

「シノロ先生、その場合は争うことになりますね」

「争うことになるというは、どういう意味ですか」

「裁判で、大学と闘うということです」

「えー、裁判になるんですか」

「そうですよ、裁判になります。正確に言えば、今回の件は労働上のトラブルですから、金銭解決でもかまわなければ労働審判で、現職にこだわりがあるようでしたら仮処分の申請か訴訟になります」

「草薙先生、ちんぷんかんぷんです。法律用語は難しいので、もっとやさしいことばで説明してください」

「それは失礼いたしました。では、シノロ先生も一応は学者なので、ご自分の研究に専念して、あとのことは弁護士の私にすべてお任せください」

哲人三銃士の共闘――デカルトとデリダ

「シノロ先生、教授会でたいへんな目に遭っているそうですね」

「おやや、デリダ先生、お久しぶりです。いえいえ、私のほうは大したことないですよ。これから逆襲に転じて、大学を訴えるところですから、楽しみにしていてください」

「え、大学を訴えるのですか」

「はい、そのつもりです」

「そう言えば、哲学担当のデカルト先生もいま、大学と訴訟中だと聞きましたよ」

「あ、そうなんですか」

「なんでも、ゴーマン部長の策略にはめられて、懲戒処分になったそうですね」

「デカルト先生もですか。私の場合と同じですね」

「え、シノロ先生も教養部長の罠にはめられたのですか。それで、先生は何をしでかしたんですか」

「何もしていませんよ。ただ、私の授業が原因で大学の業務に障害が生じたとのことです。それで私を懲戒処分にするようです」

「それって、シノロ先生のせいではないですよ」

「どうしてそんなことがわかるのですか」

「だって、私の場合もそうでしたら」

「え、デリダ先生も同じ目に遭ったのですか」

「話せば長いことになりますが、私の場合には事情があって、いつでもクビを切られる状態にありましたから。あやうく〈脱構築〉されるところでした」

「脱構築? 事情はわかりませんが、そのとき弁護士には相談されなかったのですか」

「知人に紹介してもらった弁護士に相談しました」

「それで、どうでしたか」

「弁護士の話では、一〇〇パーセント勝てるからというので訴訟を勧められました。でも、私にはそこまでの体力と気力はありませんから」

「一〇〇パーセント勝てるということはないでしょうが、それはもったいない話でしたね。勝てる裁判であれば、やったほうがよかったでしょう」

「いまとなっては、そうだったかもしれません。でも、訴訟をすると、たとえ勝ったとしても、大学には居づらくなりますよ」

「そんなことかまいませんよ」

「シノロ先生はどこの大学でも通用するからいいですね」

「ところで、デカルト先生はどうされているのでしょうか」

「明晰判明な先生ですから、自力で大学と闘っていますよ」

「弁護士を立てずにですか」

「はい。デカルト先生の話だと、法律の勉強をすれば、自分でできるらしいですよ」

「でも、訴訟となると弁護士が必要となりませんか」

「そんなことはないですよ。自分で弁護士の役をすればよいだけです」

「資格とか、そのようなものは要らないのですか」

「不要です。訴状のような書類さえ書ければよいので、考えているほど難しくはないようですよ」

「デリダ先生、私にもできますか」

「もちろん、シノロ先生にもできますよ。興味がおありでしたら、テミス出版の『訴訟の仕方』と、リーガル書房の『裁判の勝ち方』の二冊を読まれてはいかがですか」

「ありがとうございます。さっそく読んでみます」

「でも、こうやって哲学を担当している三人の先生がいずれも処分されるとは、おもしろいものですね」

「おもしろくもなんともないですよ。むしろ令和学院大学のほうに問題があるのです」

「それは、先生のおっしゃるとおりです。ですが、ほかの先生たちは大学を批判したりしませんよ。私たちは大学の決定に従わないばかりか、大学を批判してもいるわけですから、当局からすると目障りなのでしょうね」

「まあ、哲学とか倫理とか、そういった思想系の先生たちは、自分の考えをストレートに表現しますからね。令和学院大学のようなミッションスクールでは、目の上のたんこぶなのでしょう」

「哲学者はいつの世にあっても迫害される存在なのでしょうか」

「それはどうでしょう」

「それとも、たんに自分を周りに合わせることができないのか、あるいは、いつも自分のほうが正しいと思い込んでしまうからでしょうか」

「それもあると思いますよ。ソクラテスではありませんが、どんなに圧力をかけられても哲学者はびくともしませんからね」

「なるほど、鈍感ということですね」

「あははは、でも、デカルト先生は繊細なような気がしますが」

「たしかに、シノロ先生ほど神経が図太くはありませんね」

「うまいことを言いますね」

「いずれにしても、私たちは同じような境遇にいるわけですな。境遇は同じでも、でも三人ともそれぞれ違った対応をしている」

「なるほど、そのあたりも哲学者らしいですね」

「シノロ先生は倫理ですが」

「デリダ先生、哲学も倫理も同じ思想系の学問ですよ。理論的な思想が哲学で、実践的な思想が倫理なだけです」

「では、哲学と倫理の違いは、理論と実践の違いというわけですか」

「まあ、一言で言ってしまえば、そんなところでしょうか」

「三人寄れば文殊の知恵と申しますが、哲学者三人が寄れば、何というのでしょうか」

「〈哲人三銃士の共闘〉とでも呼んでおきましょう」

哲学者の生き方――人間ぎらいの倫理

「デカルト先生、ごぶさたしております」

「あ、シノロ先生、お久しぶりです。お元気ですか」

「まあまあですね。デカルト先生は？」

「私もぼちぼちというところです」

「じつは教えていただきたいことがありまして」

「はあ、どうぞ、私にわかることでしたら」

「じつはいま、大学から嫌がらせを受けているんです」

「えーと、それはどうして」

「簡単に言えば、私が授業で大学を批判しているので、大学は私の授業を盗聴しているようなのです。それでこれから大学と闘おうと思っています」

「闘うというと」

「いまはようすを見ているだけですが、大学から訴えがありましたら、弁護士を立てて訴訟を起こそうと思っています」
「もうそのことは弁護士と相談されたのですか」
「はい、相談はしてあります」
「で、弁護士は何と言っているのですか」
「弁護士の話では、大学の授業で盗聴や秘密録音があったとするならば、こちらがそのことを立証しなければならないし、逆に、私の授業が原因で大学に業務障害が起こったとするならば、大学がそのことを証明しなければならないということでした」
「なるほど、それで、いまから準備をしておこうとしているわけですね」
「おおよそそのとおりです」
「そこで、私にお聞きになりたいことというのは」
「それは、デカルト先生がご自分で裁判をされているとうかがいましたので」
「ええ、私は自分でやっていますが」
「そんなことができるのですか」
「もちろんできますよ」
「どうなさっているのですか」

「訴訟関係の本を読んで、自分で訴状を作って、大学を提訴しました」

「すごいですね。そんなことができるなんて」

「シノロ先生にもできますよ」

「どうやればいいんですか」

「そんなの簡単です。訴訟の本に書いてあるとおりにすればいいのです」

「具体的には何をするのですか」

「まずは訴状を作って裁判所に提出します。そのあとで必要となるのは、準備書面ですね。書面には事実を書くだけですから、書き方がわからなければ、解説書を読んでみてください」

「なるほど、それくらいであれば私にもできるかもしれません」

「本人訴訟ですから、みなさん試行錯誤していますよ」

「はじめは調停を目指すでしょうし、まとまらなければ、訴訟に移行するでしょうね」

「そんなものですか」

「調停は自分でやってみて、訴訟になったら弁護士を頼むという方法もありますよ」

「私の場合はもう弁護士に頼みました」

「だったら、その弁護士に任せておけばよいのでは」

「弁護士でないと裁判官が主張を聞いてくれない、ということはないのですか」

「それはどうでしょう。弁護士がいれば裁判官も気に掛けるでしょうし、だれもいないと、裁判官だって人間ですから、聞いてくれないかもしれませんね」

「心配ですから、弁護士に任せておきます」

「シノロ先生、私が聞いたかぎりですが、その程度の問題であれば、裁判になったとしても大したことはないですよ」

「私もそう思うのですが、裁判ってはじめてですから」

「だれでも最初ははじめてですよ」

「デカルト先生は、なかなかうまいことをおっしゃいますね」

「哲学者ですから」

「デリダ先生も同じようなことを言っていました」

「まあ、大学では何を言っても許されるけど、裁判所では気をつけたほうがいいですよ」

「どういうことですか」

「裁判官も人間ですから、嫌われないほうが得だということです」

「それだとまるで大学と同じじゃないですか」

「まあ、そうですね。どの世界でも同じようなものなのかもしれません」

「人間関係って難しいですよね。これって、まるで倫理学ですよね」

「そうなんですよ。人間さえいなければ大学は最高の職場なんですが。まあ、どこの職場でも人間関係がストレスの原因だといいますから」

「ごもっともです」

「何かわからないことがあったら、いつでも聞いてください。お役に立てるかどうかわかりませんが、訴訟については一通り調べてみましたから」

「ありがとうございます。では、私も自分で勉強して、弁護士にも頼りながら、訴訟の準備に入りたいと思います」

「シノロ先生、大学と闘うつもりなら、学生や組合も味方に付けておくといいですよ」

「組合はわかるにしても、学生が先生を助けてくれますか」

「期待はできませんが、いまの大学は、学生あっての大学ですから」

「なるほど、それはそうですね」

学生の意向はいかに――授業評価のアンケート

「みなさん、こんにちは、シノロ先生です。これから授業評価のアンケート用紙を配りますね」

「えー、また書くんですか」

「はい、そうです。今日は、履修登録について質問が二つあります」

「一つめの質問は、履修制限についてです。先生の授業は、三〇〇名に履修者を制限しています。あなたは履修制限に賛成ですか、それとも反対ですか。理由も書いてください」

「二つめの質問は、抽選についてです。先生の授業は、抽選で登録者を決めています。あなたは抽選で決めることに賛成ですか、それとも反対ですか。理由も書いてください」

「では、みなさん、回答が終わりましたら、先生のところにアンケート用紙を持ってきてください」

ます」

「はーい」

「もうできたのですか。はやいですね。それでは、できたものから読ませていただき

「僕は三〇〇人の履修制限に反対です。理由は、余計なお世話だから。好きな授業を好きなだけ取りたいです。シノロ先生の倫理は超楽単なので人気があって当然です。だから、抽選はやめてほしいです。希望する全員が取れるようにしてください」

「私は三〇〇名の制限に賛成です。もっと少なくてもいいかな。どうしてかというと、人数が多いと先生がたいへんだから。それに、少なければ教室は静かだし、シノロ先生を独占できるから。でも、抽選には反対です。だって、抽選だと落とされる確率のほうが高いから。絶対にシノロ先生の授業を取りたいから、シノロ〈命〉です」

「僕はどちらでもいいです。第一、たくさんの学生が登録しても、教室にやってくるのはほんのちょっとだから。だったら制限しなくてもいいと思う。制限しなくて

もいいのだったら、抽選も要らないかな」

「個人的には、履修制限はないほうがいいけど、先生が学生の意見を聞いてもどうにもならないと思う。アンケートの結果で履修制限がなくなるとは思えないし。抽選は公平な方法だと思う。抽選以外にもっといい方法があれば教えてほしい」

「授業は学生のためにあるのだから、希望する学生がすべて取れるようにしてほしい。だから履修制限には反対です。抽選をすれば、当選者と落選者が出るわけだから、もちろん反対。学生は学びたい科目があって大学に来ているのだから、それが取れないのは、そもそもおかしな話ではないだろうか。だから、抽選にも反対！」

「理想としては履修制限を設けずに、だれもが好きな科目を選べて、好きなだけ登録できるのがいいな。抽選は公平に見えても、そう見えるだけで実際にはどうやって決めているかは不明。本当は先生が好きな子を選んでたりして」

「高い学費を払っているのだから、取りたい科目を取れるようにするのが大学の責任だと思う。大学はだれのお金で授業をやっているんだと聞きたい。授業料は学生が払っているんだぞ。抽選も同じ。先生が学生を選ぶのではなくて、いまは学生が先生を選ぶ時代だ」

「三〇〇名の履修制限に賛成です。あまり多くなると授業に集中できません。いまでも多いくらいだから、もっと少なくしてもいいと思います。でも、抽選には反対です。制限をするのであれば、試験をするなりして、成績で選抜してください。そうすれば、まじめに授業を受けたい子だけが残ると思います」

「履修制限にも抽選にも反対するのは、たんに学生が楽をしたいからだよ。卒業するには単位が必要だから、どうしても単位を取りやすい楽勝科目に学生が集中するに決まっている。だから、シノロ先生の論理が一番人気というわけさ。それでよいのであれば、制限にも抽選にも反対するかな。でも、何か違うような気がする」

「私は制限にも抽選にも反対です。なぜなら、シノロ先生が反対しているから。

先生が反対しているのに、大学が強行したってうまくいくわけがないと思います。先生には、大学と闘って学生の希望を叶えてほしいです。シノロ先生には私たち親衛隊がついています。先生、がんばって！」

「学生の意見など、どうせそんなものを聞いても仕方ないから、とりあえず、先生のやりたいようにやってみたら。シノロ先生の倫理を取りたいという署名活動をやってもいいし、なんなら学生が立ち上がって、〈シノロ倫理を取らせろ〉ってデモをやってもいいですよ」

「はい、先生はできあがったアンケートをいくつか読んでみましたよ。ほかのみなさんはどうですか。アンケートを書き終えましたか？」

「はーい。できました」

「では、そろそろ時間になりましたので、アンケート用紙を回収します。教壇のまえに箱を置いてますから、記入した用紙を入れて帰ってください」

「はーい」

「今日の授業はここまでです。お疲れさまでした」

相手を説得する——倫理的に正しい行為か自爆テロか

「シノロ先生、バカな学生たちに希望を聞いたりすると、変に期待してきますよ」

「ゴーマン部長、学生はバカではありませんし、意見を聞くのは大切なことだと思います」

「シノロ先生のことだから、学生を煽って大学本部に突入させるのかと思いました」

「そんなことは考えていませんが、まずは学生の意見を聞いて、担当教員の意見も聞いて、そのあとで大学が決めるのが、あるべき手順ではないですか」

「大学はそんな面倒なことはしませんよ。シノロ先生は何を企んでいるのですか」

「何も企んではいません。私はただ、履修制限にしても抽選にしても、学生も教員もいないところで決められているのが納得できないんです。それから授業の盗聴も」

「それは上が決めることでしょう」

「上が決めるというのは、学長のいうトップダウン方式ということですか」

「そうです。ボトムアップよりは、トップダウンのほうが効率的でしょう」

「効率的かもしれませんが、何とも釈然としないのです。だって、考えてもみてください。授業は教員と学生で成り立っているのですよ。その授業の登録人数や選抜方法に、教員も学生もいっさい関与できないなんて、何かおかしくないですか」

「少しもおかしくないですよ。そんなものだと思いますよ」

「そうやって、みんな飼い慣らされていくんですか」

「先生がそんなことを言ってるから、学生が騒ぎ立てるんですよ」

「ゴーマン部長、学生が声を上げるのはいいことだと思いますが」

「シノロ先生、そうとも言えませんよ。たんに大学の秩序を乱すだけでしょう」

「そうでしょうか。大学の秩序って、学生が作るものだと思いますが」

「また、そんなことを言って、学生が事務所に押しかけてくるんですよ。シノロ先生が学生をけしかけたからでしょう」

「けしかけはしませんが、ちゃんと自分の意見を言って相手を説得することは、倫理的にも正しい行為だと思います」

「倫理的に正しくても、大学のほうからすると、余計な仕事が増えるだけです。ただでさえ人手不足で忙しいのに、学生のクレーム対応までさせられるなんて。そのあたりも考えてくださいね」

「私の授業で大学の業務に障害が生じたのであれば申し訳なく思いますが、学生にも教員にも不満がたまっているのではないですか」

「不満はだれにでもあるでしょう」

「不満をため込んでいてはいけないのでは？」

「じゃあどうすればよいのですか」

「自分の意見をしっかり言って、相手と交渉すればよいのです」

「それが原因で大学の機能が停止したのですよ」

「機能停止とか業務障害とか、大げさな表現ですね」

「大げさじゃないですよ。いいですか、シノロ先生、学生たちが大挙して事務所に押しかけてきたんですよ。そして言うじゃないですか。シノロ先生が、交渉すれば何とかなるとか。抽選に落ちてもあきらめてはいけないとか。つよく言えば、言ったもの勝ちとか」

「そんなことは言ってません。ただ、抽選に落ちても終わりではないので、あきらめてはいけないと言っただけです」

「それで終わりではないとは、どういう意味ですか」

「当選しても登録しない学生もいれば、登録できない学生もいるわけだから、そのあとの二次募集に応募すればよいという意味です」

「シノロ先生、二次募集なんかないですよ」

「ありますよ。一次が抽選で、二次は先着順です。だから、抽選で落ちたら、すぐに事務所に行って申し込めばよい、と言ったのです」

「シノロ先生、何を寝ぼけたこと言っているのですか。シノロ先生の授業に二次募集なんてないですよ」

「え〜。じゃあ、学生たちは何をしに事務所へ行ったのですか」

「登録ができなかったことへのクレームを言いに行っただけです」

「でも、登録の制限にしても、〈教室に学生が多すぎる〉と学生がクレームを言ったから始まったのですよ」

「そうでしたか。それで、今度は〈履修制限はけしからん〉と学生が言えば、制限がなくなるとでも思ったのですか」

「そんなに単純ではないでしょうが」

「履修登録ができなくてもクレームだけは言うようにとか、たとえ倒れるにしても前に倒れろとか、シノロ先生は学生に言っていませんか」

「それは私が学生に言ったことばではなくて、学生が私に言ったことばです」

「果敢に闘って、たとえ負けても逃げてはいけないという意味ですか」

「そんなに勇ましくはないですが」

「それだとまるで特攻隊じゃないですか。いまだと自爆テロですよ」

「そんなことは思ってもいません」

「もっとひどいのになると、学生ではなくて親が大学に電話をしてきたのですから」

「保護者ですから、自分の子どものことで電話をしてくるのもよいのでは」

「なかには一時間もえんえんと話し続ける親もいるのですよ」

「う〜ん」

「そればかりか、母親ではなくて父親に電話してもらうように言いませんでしたか」

「え、どうしてですか」

「学費を出している父親だったら大学も言うことを聞いてくれるから、とか言ったでしょ」

「そんなこと言ってましたっけ」

「またまたとぼけて、しっかり言ってますよ、シノロ先生は。こちらには証拠があるんですから」

弁護士・草薙五郎の再登場——一億円の慰謝料請求

「シノロ先生、令和学院大学の顧問弁護士から連絡が来ましたよ」

「ついに来ましたか。それで、大学の顧問弁護士は何と言ってきたのですか」

「たんなる受任通知です。先日の通知書については、後日連絡するとのことです」

「けっこう時間がかかるものですね」

「そうですね、通常ですと一か月から二か月はかかるでしょうか」

「そんなにかかるものなのですか。そのあいだにこちらから何かできませんか」

「シノロ先生はせっかちですね。気長に行きましょう」

「そうはいっても、来年度の授業もそろそろ気になりますし」

「では、私のほうから大学の弁護士に連絡しておきますね」

「草薙先生、よろしくお願いします」

ご連絡

前略　受任通知をいただいたところですが、下記のご連絡をさせていただきます。

一　証拠の開示および調査についての要望

四月八日にシノロ教授の授業が行なわれた結果、履修登録ができなかったとのことですが、大学の業務障害がどのようなものだったのか、明らかにされるよう求めます。

四月九日に学生が事務所に来て、または保護者が事務所に電話し、大学の業務ができなくなったとのことですが、職員がどのように対応したのかについて、明らかにされるよう求めます。

また、シノロ教授の講義を録音したテープがあるとのことですが、なぜそのような録音テープがあるのでしょうか。録音テープがあるということは、最初からシノロ教授の処分をねらって講義を盗聴・秘密録音していたと推測せざるをえません。

二　処分についての意見
　ゴマスリ主任による調査は、法的に問題があるといえます。また、令和学院大学の就業規則への該当性も相当性もないことは明らかです。したがいまして、貴学がシノロ教授を処分しないよう要請いたします。

　万一、教授会および理事会において、処分を強行されるような事態になれば、法的措置をとらざるをえないと考えております。　草々

「草薙先生、いつもながら完璧な文章ですね」

「それほどでもありませんよ。ごくありきたりの連絡文です」

「これで、大学の顧問弁護士は何か言ってくるでしょうか」

「どうでしょうか。証拠を出してくるかどうかはわかりませんが」

「証拠の提示を要求した場合、相手は出してくるものなのですか」

「あくまでも要求ですから、出さなくてもかまいません」

「ということは、証拠を出すようにお願いしているだけですか」

「まあ、そんなものです」

「そうすると、よくわからないですね」

「でも、処分するためには証拠を出す必要があるわけですから」

「それはそうですが」

「処分がなされても、証拠がなければ無効になりますから、心配はいりません」

「そんなものですか」

「問題は、なぜ授業が録音されていたかでしょうね」

「そうですよね。通常は、トラブルが発生したのであれば、そこからスタートするでしょうから」

「大学の業務障害が発生するまえに、シノロ先生の授業を秘密録音していたということは、何か裏がありそうですね」

「裏とはどういうことですか」

「文書にも書きましたが、あらかじめ、シノロ先生を処分するために授業を録音しておいて、そのあとで、先生の授業によってトラブルが発生したことにしたとか」

「まさかそんなことはないでしょう」

「そんなことはよくありますよ。会社ではよく使う方法ですし、令和学院大学でも過去に同じようなことがありましたから」

「え、そんなことがあったのですか」

「ありましたよ。新聞にも大きく出ていましたから、シノロ先生もご存じだと思いましたが……。三年前に経済学部の教授が同じ方法で解雇になりましたし、教養部のデカルト先生もそれでいま裁判を起こしているのです」

「そうでしたね。それで、クビになった経済学部の教授はその後どうしたのですか」

「もちろん訴訟を起こしましたよ」

「それでどうなったのですか」

「裁判には勝ちました。大学の懲戒処分は無効という判決でした」

「裁判に勝つと、その後どうなるのですか」

「大学は解雇した教授に一億円の慰謝料を支払いました」

「えー、一億円もですか」

「経済学部の教授ですからね」

「草薙先生、私の場合はいくらもらえるのですか」

「シノロ先生は哲学者ですから、金銭的には、ほとんど無価値ですね」

教授会、多数派で強行採決か――公正中立とは

「これより黙祷(もくとう)をもって教養部教授会を始めます。人事案件ですので、シノロ先生は退席してください」

「ゴーマン部長、私がここにいてはまずいのでしょうか」

「人事案件のさいには、本人は退席していただくことになっていますから」

「わかりました」

「では、シノロ先生が退席しましたので、前々回より保留になっている、シノロ教授にかかわる調査委員会からの報告を取り上げ、今日は結論を出したいと思います」

「まず、調査委員長のゴマスリ主任からご提案をお願いします」

「はい、調査委員会では、大学当局の訴えにもとづいてシノロ教授の事情聴取を行ないましたが、シノロ教授は弁護士を立てて抵抗するなど、まったく反省することもなく誠意も感じられませんので、ここはきびしく対応すべきだという意見でまとまりま

した」

「ゴマスリ主任、それは調査委員会の一致した意見ですか」

「そうです。調査委員会としては、再発防止に向けて、シノロ教授を懲戒処分にするよう求めたいと思います」

「この点について、ほかの委員のかたのお考えをうかがえますか。ヨーダ先生は、どのようにお考えですか」

「私は学院の副学長も兼任しておりますから、この問題は教養部だけの問題としてではなく、大学全体の問題として重く受け止めました。事情聴取をしてわかったのは、シノロ教授がへりくつばかりを言って、キリスト教をないがしろにしているということです。これでは令和学院大学の教員としては不適格ですので、私も重い処分を科してもよいと考えています」

「ヨーダ先生の考える重い処分とは」

「本来ならば十字架にかけて火あぶりにしたいところですが、懲戒解雇でよいと思います」

「それは重すぎませんか」

「ほかの委員のかたはどうでしょうか。マリア先生どうぞ」

「私はむしろ、調査委員の言い分とシノロ先生の言い分を聞いて、どちらも言っていることは筋が通っていると思いました。どちらが良いとか悪いとかではなく、どちらの言っていることも、もっともらしく聞こえたわけです。ですから、何と申しましょうか、まるで〈藪の中〉でして、私としては、ここは無理をしないほうが得策かと思います」

「マリア先生、無理をしないというのはどういうことですか」

「具体的な提案はできないのですが、処分をしたあとに、その処分が受け入れられないような事態は避けるべきだということです」

「とすると、大学当局もシノロ教授も受け入れられるような案を考えるべきだ、ということでしょうか」

「まあ、言ってみればそういうことになろうかと思います」

「それでは甘すぎませんか。第一、それでは処分にはならないでしょう」

「そうは言っても、かりに重い処分にすれば、それで終わることはないのでは」

「それで終わらないというのは、どういうことですか」

「つまり、シノロ先生のことですから、きっと裁判で訴えてきますよ」

「そこまでしてきますか」

「すでにデカルト先生も裁判を起こしていると聞きますし、シノロ先生だって弁護士を付けているわけですから、納得できない結論が出てくれば、かならず報復してきますよ」

「報復とは仰々しいですね」

「〈やられたらやり返す、倍返しだ〉というわけではないですが、ああそうですかと言って、黙って処分を受け入れることなど決してないですよ。とくに、シノロ先生の場合には」

「考えすぎではありませんか」

「そうでしょうか。弁護士からの文書にも〈法的措置を講じる〉と書いてありましたよ」

「それはたんなる脅し文句で、弁護士がいつも使う手段でしょう。実際に裁判に訴えてくるなどということがあるのでしょうか」

「そこまでは私にはわかりません」

「マリア先生、その場合は、大学の顧問弁護士が対応するのでしょうから、私たちは教養部教授会としての判断を下せばよいのではないでしょうか」

「賛成、賛成」

「では、そういうことですので、みなさんのご意見を聴取したということで、これより採決に入りたいと思います」

「ゴーマン部長、ちょっと待ってください。一点だけ気になることがあるので」

「はい、デリダ先生、どうぞ」

「弁護士の文書に、調査委員会の調査は公正なものではなくて偏っていた、という指摘がありましたね。調査が偏ったものであったとすれば、それにもとづいてシノロ教授の処分を決めるのは、まずいのではないでしょうか」

「デリダ先生、私たちの調査が不当なものだったというのですか」

「ゴマスリ主任、そうは言いませんが、そういう指摘が弁護士からあったということです」

「調査委員会は公正中立的な立場から調査をして、シノロ教授と関係者からそれぞれ意見を聞いて、そのうえで教授会に報告しています」

「でも、私たちはじかに話を聞いたわけではないので、その点についてはなんとも言えないのです」

「ですから調査委員会を作って、調査をしたわけです」

「そこはわかりますが、その調査に問題があるという指摘を受けたわけですから、そこはちゃんと考えたほうがよいのではないでしょうか」

「そんなことをすれば、調査委員会の調査をやらなければならず、それこそ切りがないじゃないですか。調査委員会を信じてくださるしかないです」

「そこまで言われればそうなのですが……」

「では、議論も尽きたようですから、ゴマスリ主任、投票用紙を配っていただけますか」

ガチで総選挙――キルケゴールの実存主義的選択

「これから投票を行ないます。調査委員会の報告にもとづいて、シノロ教授を懲戒処分にする動議を提出します。提案に賛成の人は○を、反対の人は×を書いて投票してください」

「どちらでもない場合はどうしますか」

「その場合は白紙で。では、記入をお願いします」


「ゴマスリ主任、回収できましたら集計をお願いします」

「はい。賛成が十五票、反対が七票、白紙が八票です」

「賛成が十五票ですから、提案を可決いたします」

「ゴーマン部長、ちょっと待ってください」

「過半数は十六票なので、可決しないのではないですか」

「いえ、賛成多数ですから、可決です」

「でも、反対と白紙を足すと十五票ですから、賛成の十五票と同数になりますよ」

「賛成は賛成、反対は反対、キルケゴールの『あれかこれか』です」

「それは違うのではないですか。白紙は提案に賛成しないということですから、反対と同じように考えるべきでは」

「いえいえ、白紙は賛成でも反対でもなく、どちらでもないわけですから」

「賛成が十五票で、反対と白紙で十五票なので、どちらも過半数に達していないと思います。ですから、もう一度投票してみてはいかがでしょうか」

「賛成、賛成」

「もう一度投票しても同じ結果になりませんか」

「そんなことはないですよ。一回目の結果を見て、二回目の投票をするのですから」

「では、二回目の投票に移ってもよろしいですか」

「異議なし」

「ゴマスリ主任、投票用紙の配付をお願いします」

「みなさん、そろそろ回収してもよろしいでしょうか」

「回収が終わりましたので、開票作業に入ります」

「二回目の投票結果です。賛成十五票、反対七票、白紙八票です」

「一回目の投票結果とまったく同じですね」

「ということは、何度やっても同じ結果になるということでしょうか」

「それではどのようにして結論を出しましょうか」

「ゴーマン部長、次回の教授会に延期してはどうでしょうか」

「それはまずいでしょう。いま決めないと、シノロ教授が乗り込んできますよ」

「そんな心配はいりませんよ。教授会は独立した機関ですから、シノロ教授の脅しなど、気にすることもありません」

「ほかの意見はありますか？」

「賛成が十五票で、反対と白紙で十五票、つまり同数なのですから、ここは議長であるゴーマン部長に判断をお任せしてはいかがでしょうか」

「ゴマスリ主任、それは私が決めるということですか」

「決めるというよりも、ゴーマン部長も一票を投じてはいかがですか、ということです」

「ゴマスリ主任、動議は部長が提出したものですから、それをまた自分で投票するというもの変な話ですよ」

「そうでしょうか。提案をしたのはゴーマン部長ですが、その提案に対して賛否両論で結論が出ないのであれば、最後は部長に決めていただくのが筋だと思いますが」

「それだと最初から決まっているじゃないですか」

「そうだ、そうだ」

「みなさん、お静かに願います。では、議論も尽きましたので、私が一票を投じて結論を出したいと思います。シノロ教授のせいで大学に損害が生じたということですので、その責任を取っていただくという意味でも、ここはシノロ教授の懲戒処分を議決したいと思います」

「それは横暴な決め方ではないですか」

「デリダ先生、どうしてですか」

「ここにはシノロ教授もいないわけですから、まずはシノロ先生の言い分を聞くとか、少なくとも、シノロ先生にも一票を投じる権利があるわけですから」

「シノロ先生の言い分は調査委員会ですでに聞いていますし、人事にかかわることですから、本人には投票の権利がありません」

「ゴーマン部長、それだと不公平になりませんか」

「デリダ先生、そんなことはないですよ」

「あの、ちょっといいですか」

「はいどうぞ、マリア先生」

「この件は教員の人事にかかわる重要な案件なので、意見が二分した場合は見送ったほうが無難ではないでしょうか」

「無難といいますと」

「全員一致であるとか、そこまで行かなくても、三分の二以上の賛成があるのであれば、それはそれでよいと思います。ですが、今回のように賛成と反対が拮抗している場合は、無理に決めないほうがよいと思うのです」

「見送りにするというわけですか。それだと、いつまでたっても何も決まりませんが」

「実存的な〈不条理〉と申しますか、決めないことに決める、というのもありだと思うのです」

「マリア先生、それはよくわからない提案ですね。部長の一票で決めてよいのでは」

「それでは、ゴマスリ主任の提案に従い、私の一票で懲戒処分の提案は可決したということにします。これにて閉会します。アーメン」

シノローズ結成――言論の自由を守れ！

「潤おまえ聞いたか？　シノロ先生がクビになるらしいぞ」

「えー、そんなこと知らないよ。どうしてクビになるんだ」

「よくわからないけど、授業で過激なこと言ってるからじゃないか」

「でも、なんでおまえが、そんなことを知ってるんだ？」

「だって、シノロ先生が授業中にそう言ってたぞ」

「シノロは口が軽いから、何でもかんでも話すんだよなあ」

「思想の自由とか、言論と表現の自由とか言ってたな」

「あいつらしいな」

「でも、それってもしかしたら、おれたちに助けを求めているんじゃないか」

「助けを求めるって、どういう意味だ」

「たとえば、先生を守ってくれとか、あるいは、先生といっしょに闘おうとか」

「いっしょに闘おうとか、シノロは言ってるのか」

「いつも言ってるよ」

「おい、おい、おい、それが原因じゃないのか」

「それがって何がだよ」

「つまり、大学に刃向かっているところがさ」

「でも、そこがシノロのいいとこじゃないか」

「大学が決めたことに対しても、先生は自分の考えをしっかり言うし、先生が決めたことでも、学生には自分の考えを言うように求めてくるし」

「それってまるで、シノロの口調そのものだよ」

「というよりもだな、それが〈倫理〉だって思うわけよ、おれは」

「だったら、どうしようっていうんだよ、おまえは」

「おれか、おれはおれで考えてみるけど、こういうときは、先生を助けるとかいうんじゃなくて、おれたちはおれたちで声を上げればいいんじゃないか」

「潤、おまえ、何を考えてるんだ？」

「たとえばなんだけど、シールズにあやかって、シノローズを立ち上げるってのはどうだ」

「何だそのシールズとか、シノローズってのは？」

「翔、おまえは知らないのか。シールズっていったら、ちょっとまえに流行っただろう。あれだよ、あれ」

「ブルック・シールズはけっこうな美人だし、ネイビー・シールズっていうのは半端なく強いぞ」

「とすると、シノローズって何だよ？」

「令和学院大学の学生組織だよ。シノロ先生を守るための学生緊急行動、略して〈令学シノローズ〉だ」

「なんだそれ？　そんなの作ってどうするんだ」

「決まってるじゃないか、シノロ事件を炎上させるんだよ」

「なんでそんなことをしなくちゃいけないんだ」

「しなくてもいいさ。ただ、やってみるとおもしろいんじゃないかと思って」

「やめとけよ、そんな面倒なこと」

「これは一種のお祭りだからな。なんてことはないさ。ちょっと騒いでみるだけだよ」

「騒ぐ程度のことであれば、いっしょにやってもいいけど。それでおれは何をするんだ？」

「とりあえずは、プラカードを作って、キャンパスをパレードしよう。ラップに乗ったオシャレなデモだな」

「それだったら、まずは人を集めないとな。ラインとツイッターで拡散しようか」

「ついでに、サークルのホームページにも載せておこうぜ」

「よっしゃ、パソコンのことなら、おれに任せてくれ。翔、おまえは企画担当だな」

「了解。いいアイデアが浮かんだぞ。まずはデモのスローガンだ。潤、こんなのはどうだ」


「シノロ先生を辞めさせないで！」

「倫理の授業を無断録音するな！」

「履修登録者を抽選で決めるな！」

「学生に好きな科目を取らせろ！」


「ちょっと要求がショボいな。もっとデッカくて、アカデミックな要求にしようぜ。たとえばこんなのはどうだ」

「言論と表現の自由を認めろ！」

「憲法九条と民主主義を守れ！」

「令和学院大学を脱構築しろ！」

「安保法案と教養部を止揚だ！」


「悪くはないが、どれも昭和だな。思弁的でありきたりだ。もっとパンチが効いた要求はないのか」

「じゃあ、こんなのはどうだ」


「ザビエルの代わりに、シノロ先生を名誉学長に！」

「ゴーマンの代わりに、シノロ先生を教養部長に！」

「シノロ先生の倫理の授業は超人気の〈神〉授業！」


「潤、最後のはよくわからないな、令和っぽいが」

「これはまあ、景気づけのオマケのようなものだ」

「そんなことを言ってるから、シノロ先生はクビになるんだぞ」

Ⅳ　シノロ教授の教訓

研究・教育・社会活動・校務——大学教授の仕事

「デリダ先生、シノロ先生の件は長引きそうですね」

「まあ、こんなに大きな事件は、そうそう起こるものではないですから」

「でも、令和学院大学では過去にも同じようなことがあったそうですね」

「デカルト先生、それって経済学部の先生のことですか。たしか、懲戒解雇になって、そのあとに裁判になりましたよね」

「ええ、それは有名な話で、大学のほうが完敗でしたね。でも、それだけではないでしょう。これからも似たような事件が起こるのではないでしょうか」

「そう言えば、教員組合のニュースにも出ていましたよ」

「え、そんなものがありましたか」

「はい、セクハラを受けていたアケミ先生がついに労災を申請して、行政訴訟を起こしたそうですよ」

「セクハラで行政訴訟ですか」

「そうです。行政訴訟ですから、結果によっては大学への処分もあるかもしれません」

「令和学院大学では、いろいろな事件が起こるんですね」

「でも、シノロ先生はなぜ大学と争ったりしているのでしょうね」

「デリダ先生は、大学と仲よく協力すればよいのにとお考えなのですか」

「いえ、そういうわけではないのですが。大学にはいろいろな人がいるから」

「いろいろな人ってどういう人ですか？」

「たとえば、シノロ先生のように研究だけをしていたい人とか、ゴーマン部長やゴマスリ主任のように校務に生きがいを感じている人とか」

「でも、どっちも大事なことではないですか」

「それはそうですが、実際のところ、研究も校務も両方できる人なんかいないでしょう」

「そんなものですかね」

「まあ、大学教員の仕事は四つある、とも言われていますから」

「デリダ先生、四つの仕事って何ですか」

「デカルト先生は、ご存じでありませんでしたか？　一に研究、二に教育、三に社会活動、四に校務です」

「もっともなことばかりですが、大事な順に並んでいるのですか」

「そうでしょうね。研究しないと、よい教育はできませんから」

「でも近ごろは、研究よりも教育に力を入れている大学が増えていませんか」

「増えてますね。実際には、校務に追われて研究の時間が取れず、教育もいいかげんになっているのが実情でしょうが」

「大学教育がサービス業になってしまったので、こんなところにもそのしわ寄せが来ているのでしょうか」

「そうかもしれません。いまの大学教員は、研究熱心な若い先生と、校務しかできない年寄りに、二分されていますから」

「それで、シノロ先生は役職者にねたまれたのかもしれませんね」

「というよりも、マニアックな学術論文を書いたり、マンガのような教科書を出したりして、シノロ先生は余計に目立ちすぎたのでしょうね」

「かたや校務に追われて研究の時間が取れない先生もいるわけですから」

「でも、ゴーマン部長にしてもゴマスリ主任にしても、昔は研究をしていたのでしょう。役職に就いてからでしょうか、いつのまにか研究のほうはごぶさたになってしまって」

「論文を書いてないということですか」

「一年に一本どころか、ゴーマン部長などは十年に一本も書いてないようですよ」

「それはもう役職うんぬんというよりも、研究から足を洗ったということでしょう」

「論文をいったん書かなくなると、書けなくなると言いますからね」

「そんなところで、シノロ先生ばかりが研究成果を上げて、校務をまったくしないので、しゃくにさわったのではないですか」

「今回の事件の真相はそんなところにありそうですね」

「ゴーマン部長にしてもゴマスリ主任にしても、校務で自分のクビを絞めていますから、シノロ先生のクビも絞めたくなったのでしょう。二人ともかなりのSですから」

「クビを絞めるというよりも、むしろ、シノロ先生のクビを切りたいのでしょう。校務という点から見れば、シノロ先生は明らかに戦力外ですから」

「戦力外通知は出ているんですか」

「暗黙のうちに出ていますよ」

「でも、シノロ先生はそんなのお構いなしだから」

「そうですね、そういうところでシノロ先生は損をしているのかな。もっとうまく立ち回ればよいのでしょうが」

「この問題は切りがないですよ。どちらもしぶといですから」

「そうですね。教授会になると部長は、シノロ教授にイヤミを言うばかりですからね」

「まあ、教授会はゴーマン部長の強行採決で終わりましたが、ヒゲ理事長とザビエル学長はどう出てくるのでしょうか」

「とりあえずは大学の顧問弁護士と相談して、裁判に勝てそうだったらシノロ先生をクビにするでしょうし、負けそうだったら何もしてこないでしょう」

「何もしないというのはどういうことですか」

「クビにならなければ、シノロ先生だって訴えることはできないわけですから、そのままうやむやになってお蔵入りということです」

「どうもその線が強くなってきましたね。大学ですから、不都合なことがあればひたすら隠し通しますよ。たとえば、授業を盗聴して秘密録音していたとかばれたら大変ですから」

「ただ、学生が騒ぎ出したので、外部に知られたりはしないでしょうか」

「デリダ先生、外部というとマスコミのことですか。マスコミなら、もうとっくにかぎつけていますよ」

令和学院大学のドン・キホーテ――倫理を問いただす

「『朝売新聞』社会部の渡辺ですが、シノロ先生が懲戒処分になったというのは本当ですか」

「え、まあ、なったというか、なっていないというか」

「先生、どっちなのですか、はっきりしてください」

「とりあえず、教養部の教授会ではなったようです」

「じゃあ、懲戒解雇ですか」

「どうやら、そのようですね」

「学長や理事長は何と言っているのですか」

「私にはわかりませんから、弁護士に聞いてください」

「大学の弁護士ですか。それとも、シノロ先生も弁護士を付けているのですか」

「まあ、どちらでもよいのですが、これ以上は大学と話し合ってもらちがあかないので」

「ということは、裁判に入るのですね」

「そうなるかもしれません」

「〈シノロ教授VS令和学院大学〉というタイトルで明日の朝刊に載せてもよいですか。〈VS嵐〉のとなりに並べます」

「そんな大げさなものではないですよ」

「でも、このまま黙っておくつもりはないですよね」

「それはもちろん、私のほうにもいろいろと言いたいことはありますので」

「シノロ先生が言いたいこととは、たとえばどのようなことなのでしょうか」

「それはおいおいお話しすることにして」

「では、〈令和学院大学のシノロ教授がクビになる〉。これで明日の朝刊の見出しはいただきです」

「え、このくらいのことで新聞の記事になるのですか」

「もちろん一大ニュースです。シノロ先生は有名な倫理学者ですし、その先生がクビになったのですから、これはもちろん大事件です」

「まだ決まったわけではないですよ」

「まだでもいいんです。で、これから決戦なのですね」

「まあ決戦といっても……」

「だって、シノロ教授ともあろう人が、このまま黙って引き下がるわけないですよね」

「もちろん、そんなことはありませんが」

「それでは、〈令和学院大学とシノロ教授の一騎打ち〉、このタイトルで行きましょう」

「一騎打ちも何も、ほかにはだれもいませんから」

「ああ、そうなのですか。マスコミからすれば、大学内のもめごとは外から見ていておもしろいものですから。あっ、失礼」

「たんにこっけいなだけでしょう」

「こっけいだなんて、そんなことはありませんよ。一般読者からすれば、大学は秘密のベールに覆われているわけで、〈象牙の塔〉のなかで繰り広げられる格闘を実況中継するのが、われわれマスコミの使命なのです」

「それでしたら、どうぞご自由に報道してください」

「ありがとうございます。では、できるだけセンセーショナルに、いや公明正大に報道していくことにします。不偏不党の『朝売新聞』ですから」

「どうぞお好きにやってください」

「これで令和学院大学も一躍有名校ですね」

「まあ、しがないミッションスクールですから、良いか悪いかはわかりませんが、知名度だけは上がるでしょう」

「大学の名まえが知れて、ひょっとすると、受験生も増えるかもしれませんね」

「それはないでしょう。大学の内紛を知って、逆に敬遠する受験生が増えるのでは?」

「それはどうでしょうか。シノロ先生はそのあたりも狙っているのですか」

「いえ、そんなことはありません。あくまでも結果論ですし、受験生の動向とは関係ありません」

「でも大学側は気にするでしょうね。もしも令和学院大学の名まえが新聞に出たりすると」

「それはそうかもしれませんね」

「ところで、シノロ先生の味方は学内にはたくさんいるのですか」

「いえ、まったくいません」

「え?それではシノロ先生お一人で令和学院大学と戦うのですか」

「はい、そうです」

「それって、無謀ではありませんか」

「無謀かもしれませんが、だれも助けてくれませんから」

「そうすると、〈令和学院大学に果敢に挑むシノロ教授〉というタイトルでもいいですね」

「そのあたりはお任せします」

「あるいは、〈シノロ教授は令和学院大学のドン・キホーテか？〉というのはどうでしょうか」

「それはちょっといただけないですね。勇ましそうですが」

「わかりました。では、そのあたりはうまく調整して、私がぴったりのタイトルを付けておきます」

「令和のドン・キホーテ現われる」『朝売新聞』（五月一日水曜日、三面トップ）

「朝売新聞が入手した極秘資料によると、令和学院大学の名物先生シノロ教授は、大学の崇高な理念をバカにしたとの理由で、四月三十日付けで懲戒解雇にされたらしい。今後、大学と教授とのバトルが法廷にて繰り広げられるが、裁判のなかでシノロ教授は、令和学院大学の〈倫理〉を問いただすもよう」（社会部記者・渡辺常男）

独立自尊か間柄の倫理か——福沢諭吉と和辻哲郎

「シノロ先生、今朝の『朝売新聞』に出ていましたね」

「え、何がですか」

「ご存じないですか。シノロ先生のことですよ。何かたいへんなことが起こったようで」

「新聞は取ってないのでわかりません。それで、何が書いてあったのですか」

「シノロ先生が令和学院大学をクビになったことですよ」

「まだ決まったというわけでは……」

「でも、解雇されたので裁判で訴えていくと書かれていますよ」

「これからどうなるのかはまだわかりません」

「はっきりしませんね。令和のドン・キホーテともあろうお方が」

「え、何ですか、〈令和のドン・キホーテ〉って」

「シノロ先生のことですよ」

「私ですか」

「せいぜいがんばってくださいね」

「ニーチェ先生、そんなこと言わずに助けてくださいよ」

「私はキリスト教の大学にはかかわらないようにしていますから」

「何も応援してくださいとは言ってないのですが、困っているときはお互いさまじゃないですか」

「いまはお互いさまという状況ではないでしょう。シノロ先生の自業自得ですから」

「私に敵が多いことは認めますが、そこまで意地悪しなくても」

「意地悪しているわけではないですが、現代風にいうと〈自己責任〉ですよ」

「でも、デカルト先生だって訴訟中ですし、デリダ先生だって訴訟を準備中ですから」

「そうですね、そうやって反抗分子は大学から抹殺されていくのですよ」

「令和学院大学ってそういうところなんですか」

「令和学院大学にかぎらず、どこの大学でも同じですよ。というか、どこの社会でもそうだと思いますよ」

「気の合う仲間同士で和気あいあい、嫌いなやつは追い出してしまえ、ということですか」

「そうですね。大学にもそういうところはあるでしょう」

「ということは、学力評価ではなくて、人物評価ということなのですね」

「そのとおりです。昨今の大学入試もそうですし、就職ではむかしから人物重視ですよ」

「まあ、それはそうでしょうが、でもここは大学ですから」

「そんなことは関係ありませんよ。大学もひとつの組織、小さな社会ですから、掟に従わないものはその社会から追放されるのですよ」

「ニーチェ先生、それで私はクビになったわけですか」

「まあ、それだけではないでしょうが」

「ほかには何があるのでしょうか」

「そうですね。校務をしないで研究ばかりしていることへの妬み、わかりやすく言えば、シノロ先生が論文や著書をつぎつぎに発表していることへの嫉妬でしょう」

「では、みんなで研究に専念すればよいのでは」

「それだと学校が回っていかないでしょう。だれかが雑用を引き受けなければならないのですから。シノロ先生はやりたくないでしょう」

「もちろん、まっぴらごめんです」

「ほれ、ご覧なさい。だれもやらないわけにはいかないから、だれかがやらざるをえない。それが雑用というものです。シノロ先生は、校務とかいっさいやってないでしょ」

「大嫌いですから」

「シノロ先生は、令和学院大学のモットーをご存じないのですか」

「もちろん知っていますよ。〈他者への貢献〉です」

「そうです。それこそがミッションスクールの精神なのです」

「でもそれって、〈滅私奉公〉ですよね」

「〈ボランティア〉と言ってください」

「英語ではボランティアですが、日本語だと滅私奉公ですよ」

「プロテスタンティズムの倫理ですから」

「とか言っても、戦争中は〈お国のために〉だったし、戦後になると〈会社のために〉、バブルがはじけると〈社会のために〉、そしていまは〈他者のために〉ですよね」

「それでも、シノロ先生のような〈自己中〉よりはましだと思いますが」

「自己中心主義なのではなく、福沢諭吉先生がおっしゃっている〈独立自尊〉です。つまり、他人に頼らないで自立した生き方です。だって、キリスト教の他者への貢献って、その真逆でマゾっぽくありませんか」

「失礼な。そんなこと言ってるから、学院から目を付けられるのですよ」

「えへへ」

「シノロ先生、えへへじゃありませんよ。少しは自制したらどうですか」

「ニーチェ先生、そうできないのが倫理学者の辛いところなんです」

「そんなふまじめな態度が倫理学とどう関係しているのですか」

「どちらも人の生き方にもかかわるわけですから」

「それはそうですが。人は一人では生きていけないでしょ。だったら、みんな仲よく、お互いに気持ちよく暮らしていったらどうですか」

「そこのところがうまくできないから、私は倫理を学んでいるのです」

「でも、和辻哲郎先生もおっしゃっていたでしょ、人と人とのあいだをうまく立ち回るのが倫理だと」

「そのとおりです。人と人のあいだが、倫理学の課題なのです」

「だったら、先生がしっかりしなくては、学生たちは困るでしょ。先生のせいで学生たちがデモをしているのでしょうから」

「え？ デモですか」

シノローズ登場――神さまの声か学生の声か

「令和学院大学は、シノロ先生を辞めさせるな！」

「何ですか、あなたたちは？　チャペル前で大きな声を出して」

「僕たちは、シノロ先生を救出する学生組織、略して〈シノローズ〉です」

「シノローズ？　救出？　国会前でデモをしていたシールズさんですか」

「シールズではなくてシノローズです。シノロ先生が令和学院大学を辞めさせられると聞いたので、それを阻止しようとしているのです」

「シノロ先生が辞めさせられる？　そんなことだれから聞いたのですか」

「今朝の『朝売新聞』に大きく出ていました」

「『朝売新聞』でしたら、いつもの誤報ではないですか。あの新聞は信用できませんから」

「じゃあ、シノロ先生は大丈夫なのですか」

「そんなことはこちらではわかりません。でも、チャペル前では騒がないでください」

「僕たちは自分たちの考えを伝えているだけです」

「考えを伝えるのはいいですが、まずは、授業に出てしっかり勉強してください」

「だから、シノロ先生の授業に出たいんです」

「じゃあ、出ればいいんじゃないですか」

「それじゃあ、シノロ先生の授業は継続ですか」

「それはこちらではわかりません。とにもかくにも落ち着いて」

「僕たちは正直、ムカついているんです」

「何にムカついているの？」

「大学の決定に。だって、大学は学生の声を聞いてくれないでしょ」

「学生の声を聞いてもしかたないでしょ。神さまの御声(みこえ)をお聞きなさい。で、ここで何をしているの？」

「デモを呼びかけているところです。十万人のデモをして、シノロ先生を支援します」

「十万人？　本学の学生は九千人なので、そんなには集まらないでしょ」

「令学の全学生を集めてみせます。たくさんの学生がシノロ先生を支持しているんです」

「そんなにいるの」

「はい、正確に言えば、学生の八十四パーセントがシノロ先生を支持しています」

「じゃあ、勝手にしたら。でも、神さまに逆らうと罰が当たるわよ」

「こちらは、令学シノローズです。本日午後四時、教養部のシノロ先生を救出するデモを行ないます。学生のみなさんはキャンパス中央のチャペル前に集合してください」

「あれ、翔くんじゃない。こんなところで何しているの」

「あ、敦子ちゃん、これからデモだよ」

「デモ？　デモって何するの」

「シノロ先生が辞めさせられそうだから、みんなでそれを阻止するためのデモをするんだ。ラップのリズムに乗って、キャンパス内をみんなで練り歩くんだよ」

「おもしろそうね。でも、シノロ先生だったら、ラップじゃなくて演歌じゃない」

「それはそうだな。でも、そんなのはどっちでもいいんだよ。それよりも、デモをして大学に圧力をかけるぞ」

「何だか楽しそうね。まるでシノロ先生みたい」

「ね、そうだろう。それでは始めます。テケテン、テケテン、とかいって」

「翔くん、それは演歌じゃなくて、シノロ先生の落語の授業よ」

「まあ、シノロ先生だから、そんなもんだろ」

「じゃあ、私は〈I♥シノロ〉のTシャツを着てこようかな」

「そんなものがあるの？」

「もちろん、教科書といっしょに生協で売ってるわよ。一九八〇円で、ちょっとハデだけど」

「OK。じゃあ、おれはのぼりを作ってくるよ」

「潤くんは、チラシの制作をお願いね」

「よし、みんなで手分けして、令学らしいオシャレなデモにしようぜ」

「それからシノローズのホームページも作ろうよ」

「それはいいアイデアね」

「おれ、パソコン得意だから、ホームページも担当するよ」

「潤くん、それだったら、令和学院大学のホームページにリンクしちゃえば」

「そんなことができるの？」

「まあ、乗っ取るようなもんだけどな。そのくらいは朝飯前。大学のホームページの上にシノローズのホームページを貼り付けておけばいいんだ」

「じゃあ、大学のモットーを〈他者への貢献〉から〈シノロ命〉に変えておくよ」

「それは笑えるな」

「これだけやっておけば大学も動かざるをえないだろう」

「動くのは動くだろうけど、どっちに動くのかが問題だな」

「それはそうだな。たんに騒ぐだけだったら効果はないだろうし」

「じゃあ、いっそのことストでもかましてみようか」

「翔くん、ストって、ストライキのこと？」

「ああ、もちろんそのとおり。授業ボイコットでもいいぞ。あるいは、大学を閉鎖しちゃおうか。そうしたら、学長も焦るだろうなあ」

「みんなはそこまで過激になれるの？」

「シノロ先生の授業に比べれば、これでもまだ大人しいほうさ。でも、ザビエル学長は度肝を抜かすだろうな」

「それはそうね」

「よし、そうと決まれば、さっそく取りかかるぞ。作戦名は〈シノロ准教授の恋〉」

「翔、何だそれ」

「シノロ先生の主著だよ。売れてないけど」

作戦名は〈シノロ准教授の恋〉——プラトンからマルクスへ

「こちらはＮＨＫの突撃取材班です。ただいま令和学院大学から生放送で中継しています」

「こちらデスクです。そちらではいま、いったい何が起こっているのですか」

「はい、現在のところ、学生たちがキャンパス中央のチャペルを占拠して、入口のところに十字架を重ねてバリケードを築いています」

「ちょっと待ってください。学生たちが十字架で何をしているのですか」

「チャペルの前では、十字架を持った学生たちがデモをしているもようです」

「学生たちに近づいて、インタビューできますか」

「はい、やってみます」

「すみません、ＮＨＫのものですが、みなさんは何をやっているのですか」

「見てのとおりデモをしてます」

「デモですか？　どうしていまどきの学生さんがデモなんかしているのですか」

「それは、大学の決定にムカついているからです」

「ムカついているから？　大学生がそんなことでデモをするのですか。もっと詳しくお話をうかがえますか」

「はい、僕たち〈令学シノローズ〉は、大学が決定した、シノロ教授の処分に反対して立ち上がったのです」

「その、シノロ教授というのはだれですか」

「令和学院大学でいちばん有名な先生です。学生の人気ナンバーワンの名物教授です」

「それで、その名物教授がどうかしたのですか」

「人気があるものだから、嫉妬したほかの先生たちがシノロ教授を排除しようとしているのです」

「ほかの先生たちとはだれですか」

「教養部長のゴーマン教授と主任のゴマスリ教授の二人だと言われています」

「その先生たちは、シノロ教授と仲が悪かったというわけですね」

「はい、そうです。そこで、シノロ先生をクビにして追い出そうとしているのです」

「でも、学生たちはなぜシノロ教授を応援しているのですか」

「僕たちはシノロ先生の授業で、自分の考えをはっきり述べるように教わったからです」

「自分の考えを述べるのは、当たり前のことなのでは？」

「令和学院大学はミッションスクールなので、教義に反する意見を言えないのです。にもかかわらず、シノロ先生はキリスト教を批判したから弾圧されているのです」

「それって、キリシタン弾圧の仕返しみたいですね」

「そうかもしれません。令和学院大学ではキリスト教が正統な教義になっていますから、それを少しでも批判したりすると、裏からいろいろないじわるをされるのです」

「いじわるというと、どんなことをされるんですか」

「たとえば、シノロ先生の教科書『教養部シノロ准教授の恋』を焼かれるとか」

「焚書（ふんしょ）ですね。でもそれって、時代錯誤ではないですか」

「もちろん時代錯誤ですよ」

「何かもっとインパクトのあるものないですか。ガツーンとくるような、記事になりそうな出来事とか」

「そうですね。たとえば上靴を隠すとか、そんな陰湿ないじめはないですが。でも、シノロ教授は大学の職員から暴行を受けたり、あるいは、主任から授業を盗聴されたり秘密録音されたりとか、嫌がらせをさんざん受けています」

「それはとんでもないことですね。で、これから学生たちは何をするのですか」

「僕たちはこれからキャンパス内をデモ行進して、シノロ教授の処分を撤回するように大学当局に求めます」

「シノロ教授の復帰を求めるわけですね」

「そのとおりです。学生の意見を聞いてくれるのはシノロ先生だけですから」

「学生からすると、シノロ先生を失うのはたいへん惜しいというわけですね」

「そうなんです。試験でSをくれるのも、シノロ先生だけですから」

「Sというのは何ですか」

「Sというのは、試験のときの最高点です。スペシャル、スーパーグッドのSですね」

「なるほど、シノロ教授は学生にとっては特別な存在というわけなのですね」

「僕たちが四年で卒業するためには、シノロ先生がぜったいに必要なんです」

「でも、令和学院大学はシノロ先生を必要としていないと」

「だから、何としても卒業したい学生は、大学と闘ってシノロ先生を奪還したいのです」

「で、この闘いはどこに行き着くのでしょうか」

「僕たちはこれから大学を占拠して、シノロ先生が自由でのびのびと授業のできる〈アカデメイア〉を作ります」

「アカデメイアとは何ですか」

「学びの園、すなわち、プラトンが理想とした〈自由の学園〉です」

「令和学院大学には自由がない、とでも言いたいのですか」

「まったくないですね。〈ボランティア〉とか言って、学生たちをタダでこき使っているのが現状ですし。令学では、表のモットーは〈他者への貢献〉でも、裏のモットーは〈滅私奉公〉なのです」

「でも、令和学院大学って、お金持ちのお嬢さま大学というイメージがありますよ」

「そこを大学は狙っているのです。学費をできるだけ高く設定して、学生サービスはできるだけ少なく、その差額で大学は大もうけをしているのです」

「なるほど」

「そして、もうかったお金を教会に回しているのです。マルクスはこれを〈余剰金による上納制度〉と呼んでいます」

「わかりました。そこで学生たちはチャペルを占拠して、デモをしていたというわけですね、以上、現場からの中継でした」

機動隊の突入――ルターの宗教改革

「チャペルのなかにいる学生たちに告ぐ。君たちは完全に包囲されている。無駄な抵抗をやめて、すぐに出てきなさい」

「僕たちは何も抵抗していません」

「では、すぐにチャペルを開放しなさい」

「シノロ教授を解放すれば、チャペルを開放します」

「何を言っているんだ。すぐに解放しないと、こちらから突入するぞ」

「来るなら来てみろ」

「第二機動隊は突入して制圧！」

「みんな逃げろ！」

「ナンダなんだ。だれも戦わないのか」

「シノロ先生のために戦ったりはしないですよ。みんなはやく逃げろ」

「隊長、学生の抵抗はありません。どうしますか」

「かまわん、とりあえず学生たちを片っ端からしょっ引け」

「はい、了解です」

「あっ、シノロ教授だ。隊長、シノロ教授を発見です。指示をお願いします」

「すぐに、シノロ教授を確保せよ」

「了解」


「シノロ先生、どこに行くのですか」

「ああ、翔くんか、教室棟に逃げるところだ」

「先生、僕たちもいっしょに行きます。でも、教室だと、すぐに見つかってしまいますよ」

「よし、それなら私の研究室に隠れよう」

「先生、そこはもう警察が押さえていますよ」

「ああ、敦子ちゃんもいっしょか。じゃあ、どこにしよう」

「先生、図書館の女子トイレはどうですか。あそこだったら警察も入ってこられませんし」

「わかった、案内してくれ。ちょうど用も足したかったし」

「シノロ先生、トイレに隠れると、もうどこにも逃げられませんよ」

「とりあえず、どこでもいいから身を隠そう。それからお祈りだ」

「先生、こんなときにお祈りなんかして、どうするんですか」

「翔くん、困ったときの神頼みだ」

「でも、いったいどんな神さまにお願いするんですか」

「まあ、何でもいいんだ、こういうときはキリ教でも仏教でも神道でも」

「シノロ先生、仏教に神さまっているんですか。仏さまですよね」

「どちらでもいいだろう。そんなしょうもないことは。とにかく、災難が通りすぎるのを待っていればいいんだ」

「南無阿弥陀仏、ナムアミダブツ」

「シノロ先生、何かカタカナのように聞こえますが……」

「聞いてるだけでは、そんなことはわからん」

「先生、ここはキリスト教の学校ですから、見えないものも見えるんですよ」

「見えないものも見える？　何だそれは」

「先生、ご存じないんですか。聖書にあることばです」

「こんなときに聖書もクソもないだろう」

「シノロ先生、だんだん支離滅裂になっていますよ。また、そんなことを言っていると、ルターに叱られますよ」

「どうしてこんな非常時に、マルティン・ルターが登場するんだ」

「宗教改革のときにルターは言ってたそうです。迫害されたときには、教会から逃げて大学に隠れなさいって。そして相手を批判すべしって。批判こそがプロテスタンティズムの精神なんだそうです」

「え、そうなの。私、ルターって、てっきり印刷屋さんだと思ってた」

「敦子ちゃん、どうしてルターが印刷屋になるの?」

「だって、シノロ先生が言ってたもの。宗教改革は一種のメディア革命だって」

「一種のメディア革命? それ、どういう意味?」

「ルターが聖書をしこしこと印刷して、せっせと配って回ったから、キリスト教が世界中に広まったんだって」

「先生、それじゃ、僕たちもシノロ先生の本を印刷して配っておけばよかったですね」

「バカもん、もう手遅れだ。そんなことしたって印税は入ってこんわ」

「だって、先生の本、書店には置いてないですよ」

「何を言っておる。無料で配るのは聖書だけでよいわ。それよりも、ここから脱出だ。みんなで逃げ道を探すんだ」

「はい、はい、はい」

「ド〜ン。先生、こっちは行き止まりですよ」

「ド〜ン。先生、こっちは機動隊です」

「しかたがないなあ。よし、強行突破だ。わしのうしろに続け」

「は〜い。ド〜ン、ド〜ン、ド〜ン」

「だめです。シノロ先生、これ以上は前に進めません」

「じゃあ、みんなで一斉突破だ」

「先生、みんなと言っても、たった三人しかいません」

「よし、少数精鋭のシノローズだ」

「せーの、わ〜あ、倒れる」

「おい、何を言ってるんだ。危ないから後ろには倒れるな」

「そうですよね、先生。倒れるときは前に倒れろでしたね」

「そうだ、何事も引いたら負けなんだ」

クビを切るか反省文を書くか――虚勢を張るか去勢されるか

「シノロ先生、向こうからやって来ますよ」

「何がだ？」

「先生たちです。教養部のゴーマン部長にゴマスリ主任、副学長のヨーダ先生も見えます。その後ろからザビエル学長も続いています」

「やつらは何をしに来たんだろう」

「きっとシノロ先生をつかまえに来たんですよ。そして、クビを切って、さらしものにするつもりですよ」

「それじゃあ、まるで切支丹の獄門じゃないか」

「切支丹もキリスト教も同じですよ。刃向かうやつは懲らしめてやるんですよ」

「だから、シノロ先生も懲戒処分にされたのか」

「なるほど、ようやくわかったぞ」

「先生、いまごろわかっても手遅れですよ」

「とにもかくにも徹底抗戦で、正面から突破する。行くぞ」

「はい。おー」


「いてててて。すみません、ゴーマン部長、離してください」

「だめだ。もう逃がさないぞ。シノロ先生、大人しくしなさい」

「大人しくしています」

「だったら、観念して、ザビエル学長の命令に従いなさい」

「命令って何ですか」

「クビだ」

「えっ、クビですか」

「そうだ、クビをちょん切るから、黙ってクビを出せ」

「本当にクビを切るんですか」

「そうだ。さもなければ、一筆書け」

「一筆？　何を書くんですか」

「ご迷惑をかけて申し訳ございません。今後はこのようなことがないようにします、と謝罪文を書いたら許すこともできる」

「でも、許さないこともあるんですよね」

「そんなことを言ってるからダメなんだ。黙って学長の指示に従えば悪いようにはせん」

「でもでも、ゴーマン部長は、そうやって何人もの先生たちをだましてきたんでしょ」

「だますとは聞き捨てならない。こちらから譲歩してやっているんだ。うだうだ言わずに、さっさと始末書を出せ。そうすれば今回だけは許してやってもいい」

「一度でも謝罪文を書けば、デリダ先生のように、それをネタにゆすられるでしょ。そして、二度と逆らえないように去勢されるんですよね」

「去勢とは何だ、下品な。そんなことを言ってると、セクハラでも処分できるんだぞ。おまえは往生際の悪いやつだな」

「え〜、だって、あそこを切られて不能にされた人もいたから」

「バカバカしい、おまえは何を言ってるんだ。それは妻を寝取られた弁護士の事件だ」

「あっ、そう言えば、弁護士に頼んでいました」

「何だと、いまさらそんなウソは通用しないぞ。どうせ脅しだろうが」

「いえ、そうじゃなくって、本当に弁護士が付いているんです」

「じゃあ、弁護士をここに呼んでみたらどうだ」

「草薙(くさなぎ)五郎せんせーい、助けてください」


「何か呼びましたか、シノロ先生」

「見てのとおりです。学生からも見捨てられて、だれも助けてくれません」

「いま、どういう状況なんですか。落ち着いて説明してください」

「はい、すみません。学生たちと処分反対のデモをやっていたのですが、警察に取り囲まれて身動きが取れなくなり、立てこもっていたところを機動隊に排除されて逃げ出したんです。でも、行き着いたところに学長たちが待ちかまえていました」

「なるほど、それで」

「で、いまは絶体絶命です。クビを切られるか反省文を書かされるかです」

「シノロ先生はどっちがいいのですか」

「どっちもいやです。だから、草薙先生に泣きついています」

「私に泣きつかれても困るのですが、できるところでやってみましょう」

「何をやるんですか」

「裁判です」

「え〜、それは怖いですよ」

「だいじょうぶです。私がすべて準備しますから」

「本当ですか」

「大学教授と違って、弁護士はウソをついたりしません」

「では、お願いします」


『朝売新聞』号外「令学シノローズ特集号」

「シノロ教授、ついに令和学院大学を訴える！」

「はたして懲戒処分の白紙撤回を勝ち取れるか？」

「まもなく裁判開始！」


「号外、号外ですよ」

「何これ、また令和学院大学じゃない。いつも世間を騒がしてくれるわね」

「それも、シノロ教授だよ。あの先生、懲りないんだよなあ」

「でも、ついに裁判か。おもしろくなってきたぞ」

「無」の存在証明——西洋の形而上学

「シノロ先生、これから裁判になりますので、まずは訴状を作りますよ」

「あのー、草薙先生、訴状って何ですか」

「訴状というのは、訴えの内容を書いた書類で、これを裁判所に提出します」

「なるほど、それで訴状の内容ですが、具体的には何を書くのですか」

「令和学院大学はシノロ先生をクビにしたけれども、それは無効だということでよいでしょうか」

「はい、それでよいと思います」

「では、つぎのように書いておきましょう。『当該処分は、客観的に合理的な理由を欠き、社会通念上相当であるとも認められないので、その権利を濫用したものとして無効である』」

「草薙先生、カッコいいですね」

「カッコよくはないですが、普通ですよ」

「あっ、そうですか」

「内容はこれでよしとして、原告はシノロ先生で、被告はどうしましょうか」

「私が原告ですか？　被告って何ですか」

「被告というのは、シノロ先生が訴えたい相手です。つまり、先生を処分にした人です」

「というと、教養部のゴーマン部長でしょうか」

「実質的には教養部長でしょうね。でも、形式的には雇用主の令和学院大学の理事長または学長ですね」

「どちらでもいいです」

「じゃあ、理事長、学長、部長ということにしておきましょう。あと、ほかにはいませんか」

「ゴマスリ主任はどうでしょうか」

「では、主任も加えておきましょう」

「それから、教授会で私の処分に賛成した人はどうでしょうか」

「その人たちも加えることができますよ。どなたか特定できますか」

「おおよそのところはわかりますが、はっきりしない人もいます」

「それでは、教養部の教員を裁判所に呼び出して証人尋問しましょう。そうすれば、だれが賛成して、だれが反対したのかはわかりますから」

「そんなこともするんですか」

「もちろんです。裁判ですから、攻めに回りますよ」

「それはわかるのですが」

「シノロ先生は弱腰なんですね」

「そんなことはないのですが……」

「先生たちを一人ずつ法廷に呼んで尋問すれば、だれが何をしたのかがわかります」

「それはそうでしょうが」

「そして、盗聴した人、秘密録音した人、それを指示した人を暴き出していきましょう」

「そんなこともできるんですか」

「もちろんできますとも」

「でも、学校側もいろいろと仕掛けてくるのではないでしょうか」

「いろいろとやってくるでしょうね」

「私はどうすればよいのですか」

「何もすることはありません。弁護士にすべて任せておいてください。処分したほうに立証責任があるのですから」

「こちらは無実を証明しなくともよいのですか」

「まったく必要ありません」

「でも、調査委員会では、無実であることを証明するようにしつこく質されましたが」

「それは聞いているのではなくて、たんなる脅迫です」

「そう言えば、かなりきびしい詰問調の事情聴取でしたからね」

「それは事情聴取とは呼びません。一言で言えば、自白を迫る誘導尋問ですな」

「どうしてそんなことをしたのですか」

「それはつまり、シノロ先生が口頭で謝罪をすれば、それで罪を認めたことになりますから、そのあとに処分をするためです」

「謝罪をしたあとに処分をするのですか」

「そうですよ。おまえは罪を認めたではないか。だからおまえは有罪で、おまえを処分する、という手順です。会社ではよくあることですが、大学でも同じでしょう」

「なるほど、そういうことだったのですか。じゃあ、私は何をすればよかったのですか」

「何もすることはないですよ。何もしなければ処分されることもないし、だれも手出しはできません」

「それだと悔しいですよ。何か反撃しましょう」

「裁判は復讐劇ではありません。シノロ先生は無実を証明するのではなく、主張するだけでよいのです。存在しないものは証明できないのですから」

「西洋形而上学の〈無〉の存在証明みたいですね。もちろんそのとおりなのですが、それだと物足りないですよ」

「シノロ先生も、盗聴や秘密録音のような何かあくどいことをしたいのですか」

「いえ、そんなことはないのですが、でも、何もできないのも……」

「まあ、そうおっしゃらずに、ここは大学側のお手並みを拝見と行こうではないですか」

「わかりました。あとは草薙先生にお任せします」

「裁判ですから、すべて弁護士にお任せください。ただし、シノロ先生もしっかり勉強しておいてくださいね」

「何を勉強すればよいのですか」

「もちろん懲戒処分の取り消し請求訴訟についてです」

懲戒処分取消等請求事件――証拠裁判主義

「懲戒処分取消等請求事件」

「草薙先生、難しい漢字がいくつも並んでいますね」

「まあ法律用語ですから、気にしないでください」

「で、これからどうしたらよいのですか」

「シノロ先生は、じっと待っているだけです。下手に動かないでくださいね」

「何もしなくてもよいのですか」

「今後は弁護士が対応しますから、シノロ先生は何もする必要はありません。あとは、相手の出方を待つばかりです」

「ではお任せしいたします。ところで、裁判って、お金がかかるんですよね」

「負けたらかかりますよ」

「ということは、勝ったらタダですか」

「タダというか、相手から慰謝料がもらえます」

「えっ、そんなことができるんですか」

「とりあえず、懲戒処分の無効を確認して、それができたら裁判費用は相手持ち、あわせて損害賠償請求もしておきましょう。令和学院大学ですから、過去の事例に合わせて、一億円請求しておきますね」

「できるのであれば、何でもお願いします」

「請求はできますので、慰謝料請求もいっしょにしておきましょう。まあ、裁判に勝つか負けるかは別ですが」

「それはそうですね。お金が目当てというわけではありませんから」

「では、裁判に勝った場合は、成功報酬として一割を弁護士費用としていただくことにして、負けた場合にはなしということにしておきましょうか」

「はい、それでいいです」

「着手金はいただいていますから、あとは裁判で勝てるように証拠集めですね」

「着手金とは何ですか」

「最初にいただいた手付金みたいなものです」

「わかりました。草薙先生、肝心な点なのですが、裁判には勝てるのでしょうか」

「一〇〇パーセント勝てるという保証はありません」
「ということは、負けることもありうるということでしょうか」
「どのような裁判でも、絶対ということはありませんから」
「草薙先生の予想ではどうでしょうか」
「今回のケースですと、九割くらいの勝率でしょうか」
「それだったら、十分、見込みがありますよね」
「これも相手があることですから」
「では、裁判で争点となるのは何ですか」
「シノロ先生の授業と大学の業務障害との因果関係でしょうね」
「証明可能ですか」
「証拠しだいでしょうが、おそらく難しいのではないでしょうか」
「証拠って何ですか」
「たとえば、シノロ先生が授業のときに配付したプリントや、授業の録音テープですね」
「授業の録音テープも証拠になるのですか」
「なりますね」

「そうすると、私のほうが不利になりませんか」

「まあ、言ったことは言っていたと訂正すればよいでしょう。書いたことはすでにプリントで確認できましたから」

「大学側は、録音テープを証拠として出してくるでしょうか」

「有利になるのであれば出してくるでしょうね」

「不利になれば？」

「そのときには出してこないでしょう」

「でも、証拠が不利になることもあるのですか？」

「たとえば、違法に録音されたものだとしたら？」

「ということは、盗聴されたものだということですか」

「それはわかりませんが、違法な秘密録音であれば出してこないでしょう」

「でも、いったいだれが何のために私の授業を録音していたのでしょうか」

「それはわかりませんが、録音したのが学生でなければ、教務担当の職員か主任でしょう」

「職員や主任がなぜ私の授業を録音するのですか」

「それは、シノロ先生と大学の関係を考えてみればわかりますよ。そもそもの発端は大学からの訴えなのですから、職員と主任でしょう」

「言われてみると、思い当たる節がないことはないですね」

「そうでしょう。教養部の教授会を盗聴していたのも職員なのですから」

「大学としては、シノロ先生の授業をまずは録音しておいて、そのあとで、何かしらの業務障害が起こったかのように見せかければよいわけですから」

「ということは、業務障害のための証拠をあらかじめ準備しておいたというわけですか」

「授業の録音テープがあるとすれば、そうとしか考えられません」

「そんなことがありえますか。そこまで行くと、まるでミステリー仕立てのサスペンスドラマですよ」

「いえいえ、そんなに大げさなことではありません。たんにシノロ先生を陥れるために最初から仕組まれた罠ですよ。その罠にシノロ先生がまんまと引っかかったというわけです」

「なるほど、でも、それって、あまりにも深読みしすぎではないですか。私なんか、もっと単純に考えていました」

「だから、シノロ先生は簡単に引っかかるんですよ」

実利よりも倫理――ライプニッツの充足理由律

「でも、草薙先生、いったいだれが私を陥れようとしたのですか」

「授業を盗聴できる人は限られていますし、録音テープを聞くことのできる人も限られています。そして、録音するにはそのための十分な理由が必要ですよね。ライプニッツの言う充足理由律です。それらを考え合わせるならば、もう答えは出てきませんか」

「そうすると、私を陥れようとして、教員か職員が授業を録音していたということですか」

「教員か職員かではなくて、教養部の教員と教務課の職員が協力して、シノロ先生の授業を盗聴して秘密録音し、その録音資料を使用していた、と言ったほうが正確です」

「え〜、教員と職員はグルなんですか」

「もちろん、最初からそうですよ」

「どうしてそんなことがわかるのですか」

「だって、シノロ先生を訴えてきたのは職員でしょう。事情聴取をしたのは教養部の主任、そして懲戒処分を提案したのは教養部の部長なのですから」

「彼らはみんなグルなんですか」

「おそらくは、みんなで協力して、と言ったほうがよいでしょうね」

「まったくわかりませんでした。草薙先生はどうしてわかったのですか」

「それはわかりますよ。外から見ていれば、あまりにも不自然な出来事が続きますから。何か裏がなければ、このようなことはそうそう起こりませんよ。それに……」

「それに、何ですか」

「それに、これは、シノロ先生の授業が録音されていたとするならばですが」

「私の授業は録音されていたのですよね。だって、調査委員会で何度もしつこく聞き直されましたから、何々と言ったではないかって。それって、私の授業をこっそり録音して聞いていたからできたのですよね」

「しつこく聞いてきたのには別の理由があるのです」

「どういうことですか」

「それは、簡単に言えば、録音テープを出さずに、自供を引き出したかったらです」

「え〜、録音テープは最初からなかったのですか」

「ありますよ」

「事情聴取のときには、授業を録音していたから何でもわかっているんだぞ、白状しろっていう感じでしたよ」

「それはそうでしょう。白状させるための録音テープなのですから」

「では、なぜ、あのようなことを言ったのですか」

「そうすれば、シノロ先生が相手の言うことに同意すると思っていたからですよ。つまり、ウソを言ってもわかるんだぞと脅しをかけておいて、何々と言っただろうと相手に同意を求めていくのです」

「そんなことだれが思いつくのでしょうか」

「大学ですから、そんなことはだれでも思いつきます」

「令和学院大学だからですか」

「いや、令和学院大学に限らないでしょう。いまは大学も余っている時代ですから、どこの大学でも人員削減はしたいでしょうし」

「というと、これは一種のリストラなのですか」

「まあ、会社で言えばリストラですね。社員のクビを切るわけですから。でも、大学ではそう簡単にはいかないでしょうから。何かしらの理由がないと」

「それで、録音テープで私をゆすって、謝罪させようとしたのですか」

「まあ、そんなところでしょうか。いったん謝罪してしまうと、ありもしない事件でもあったことになりますから」

「じゃあ、私は何をすればよかったのですか」

「だから言ったじゃないですか。何もしなくてよいのです。ありもしないものだから」

「それって、まるで哲学の禅問答ですよ」

「そうじゃなくって、人間の生き方にかかわる倫理でしょ」

「何もしない生き方ですか」

「そうです。それが、シノロ先生の倫理ではなかったのですか」

「草薙先生、そう言われればそうでしたね」

あとがき

前作の『教養部しのろ教授の大学入門』は、思いのほかに好評を得た。大学関係者ばかりか、ユーモアが好きな一般読者やメディア関係者からも注目を浴びたようだ。そこで、プラトンの作品をまねて、大学入門の「対話編」を書いてみたが、いかがなものだろうか。ジャンルとしては、会話体の「キャンパス小説」になるだろうが。

断わるまでもないが、本作品は「創作」（フィクション）なので、登場する人物や団体は実在するものとは関係ない。前作では、舞台となった「平成学院大学」はあの大学ではないかとうわさされ、登場人物はかの先生ではないかと思われたらしいが、作品に登場するのはすべて、どこにもいる人間だと考えている。

いまどきの大学の一片を垣間見るつもりで書いているので、肩肘を張らずに笑い飛ばしていただければ本望である。

令和元年九月一日

紀川しのろ

著者紹介

紀川しのろ（きかわ・しのろ）

1961年、福岡県生まれ。『カサブランカ』（日本随筆家協会、2008年、日本随筆家協会賞受賞）、『日々の栞』（角川学芸出版、2010年）、『教養部しのろ教授の大学入門』（ナカニシヤ出版、2014年）、『教養部しのろ准教授の恋』（ナカニシヤ出版、2015年）など。

シノロ教授の大学事件

2019年10月4日　第1刷発行

著　者　紀川しのろ
発行人　中澤教輔
発行所　世界書院
〒136-0071　東京都江東区亀戸8-25-12
電　話　03-5875-4116
印刷・製本　中央精版印刷

ISBN978-4-7927-9581-8